KB098094

마음이 힘들면

몸을 살짝, 움직입니다

마음이 힘들면
몸을 살짝, 움직입니다

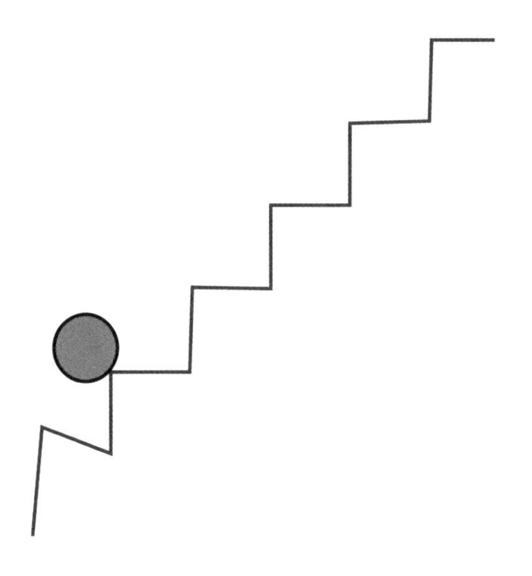

어느 정신과 의사의 작고 느릿한 몸챙김 이야기

허휴정 지음

생각속의집

지금 여기,

움직이는 내가 있어

살아 있다는 것은 움직이는 것이다

● 추천의 말

마음이 아픈 사람들이 너무 많다. 특별한 이유가 없어도 힘들고 괴로운 사람들이 주변에 차고 넘친다. 그래서인지 심리 관련 책들도 쏟아지고 있다. 그런데 이런 책들에는 뭔가 가르치려는 공통점이 있다. 이렇게 하면 마음이 좋아지고 저렇게 하면 나빠진다거나, 이런 습관은 마음에 좋지 않으니 과감히 버려야 한다는 식이다.

이 책은 그런 책들과는 결을 달리 한다. 저자 허휴정 교수는 가르치려고 하지 않고 먼저 자신을 보여준다. 스스로 느끼고, 경험하고, 변화한 것을 보여주면서 독자들을 몸의 세계로 안내한다. 어쩌면 정신과 의사로서 고백하기 어려웠을 자신의 우울과 자괴감, 자기혐오, 질투심과 같은 속마음도 솔직하게 드러내면서 몸의 위로를 전하고 있다. 정신과 의사로서, 아내이자 엄마로서, 또 한 인간으로서 그를 오래전부터 지켜봐왔기에 이런 그의 여정이 새삼 멋지고 대단하게 다가왔다.

이 책은 한마디로 마음에 말을 거는 몸의 이야기다. 저자는 마음 전문가로서 몸을 통해 자신을 치열하게 탐구해간다. 그의 안내에 따라 소란스런 마음을 잠시 내려놓고, 그동안 잊었던 몸을 찾아서 떠나본다면 몸이 슬쩍 마음의 안부를 걸어오는 마법 같은 경험을 하게 될지도 모른다.

몸은 우리 존재의 본질이다. 우리는 몸으로 숨을 쉬고, 걷고, 움직이며 살아간다. 몸은 기쁨과 슬픔을 움직임, 몸짓, 자세, 호흡, 리듬, 표정, 걸음걸이와 같은 다양한 방법으로 표현한다. 그런데도 우리는 이런 몸의 언어를 무시한다. 우리가 관심을 두는 것은 오직 겉으로 드러난 몸과 기능적인 몸이다. 그래서 날씬하고 근육질인 몸의 '형태'와 근력을 가진 몸의 '기능'에만 관심을 가질 뿐이다. 이렇듯 철저하게 버려지고 소외된 몸은 고통을 받을 수밖에 없다. 나의 본질인 몸이 고통 받으니 내가 고통스러울 수밖에 없다. 그것은 자신의 본질인 몸을 자신과 분리시킨 필연적 결과이다.

살아 있다는 것은 무엇일까? 생명은 움직인다. 죽은 것은 움직이지 못한다. 움직이면 살고 멈추면 죽는다. 움직임은 생명력을 불러일으키고, 움직임이 멈추면 생명력이 줄어든다. 오직 살아 있는 것만이 움직일 수 있다. 움직임이 생명이라면, 몸의 움직임에 주의를 두고 집중하는 것은 근본적으로 살아 있음에 다가가는 행위이다. 생명체의 움직임은 독특하다. 스스로 움직이기 때문에 자기만의 움직임이 있다. 하지만 대부분의 사람들은 자신의 신체적 움직임을 인지하는 능력이 매우 부족하다. 자기만의 움직임을 안다는 것은 스스로 생명력을 느끼는 것과 같다. 이 책은 부드럽고 우아하게 천천히 움직이면서 자신의 몸을 알아차리는 세계로 안내한다.

이 책을 마음이나 머리로 읽지 않고 몸을 조금씩 움직여보면서 읽는다면 저자의 말대로 내 몸 안에도 숨이 쉬어질 수 있는 공간이 생길 것이다. 어쩌면 괴롭히던 생각들이 사라지고, 리듬과 스텝만이 남아서 삶이 춤이 될 수 있지 않을까. 책을 다 읽고 난 후, 춤을 추는 나 자신을, 제대로 숨을 쉬게 되는 진짜 나를 만날 수 있기를 기대해본다.

채정호

서울성모병원 정신건강의학과 교수
바마움, 바른 마음을 위한 움직임 회장

마음만으로 되지 않던 날, 몸이 다가왔다

● 프롤로그

오랜만에 친구들을 만난 날이었다. 저녁을 먹고, 차를 마시고 친구들은 헤어지는 인사를 하고 각자의 길로 갔다. 번화가 한복판에 이제 나 혼자 우두커니 서 있었다. 머릿속에 유쾌하지 않은 생각들이 어지러이 떠돌았다.

'A는 마흔이 넘어도 여전히 날씬하고 예쁘구나. 옷도 잘 입고, 성격까지 좋아. 나처럼 죽어라 일만 하지 않아도 여유롭게 지내네, 심지어 집도 사고…. 나는 애쓰며 살았는데도 왜 집 하나를 못 장만했을까. 그렇게 죽어라 일하며 지냈는데,

뭐 하나 내세울 게 없네. B는 이번에 승진했대. 게다가 작년에만 논문을 다섯 편이나 썼대. 이번에 학회에서 상도 받았다고 하네. C연봉이 얼마인줄 알아? 나는 이제 겨우 임용되었는데…. 한심해, 내가 너무 바보 같아.'

정신과 전문의 10년차의 머릿속에 떠도는 생각이 고작 이런 거라 실망했을지도 모르겠다. 어쨌든 나는 괴로웠다. 내가 10년 내내 배운 것을 총동원해서 머릿속의 생각과 싸우기 시작했다. 내 머릿속을 향해 눈을 질끈 감고 "그만 닥쳐"라고 말하고 싶었다. 머릿속으로부터 피신할 곳은 아무데도 없어 보였다. 일단, 어디라도 도망가고 싶었다.

지치고 불편한 마음으로 무작정 걷기 시작했다. 어깨에 멘 가방이 무겁게 느껴졌다. 비 온 뒤의 밤은 생각보다 쾌청했다. 선선한 바람이 얼굴을 가만히 쓰다듬고 지나갔다. 머리카락이 흩날렸다. 머리카락을 쓸어 올리며 두리번거렸다. 길과 길 위의 자동차, 곳곳에 보이는 식당, 지나가는 사람들의 표정이 보였다. 거리의 풍경을 여행자처럼 바라보며 걸었던 적이 얼마만일까.

그때, 두 발이 번갈아가며 바닥에 닿는 것이 느껴졌다. 오른발이 바닥 위에 구르듯이 닿더니, 다시 왼발이 따라가며 구르듯이 닿았다. 곧이어 골반이 미묘하게 좌우로 리드미컬하게 움직이며 발의 움직임을 리드하기 시작했다. 골반 위로는 척추가 부드럽게 서서 내 몸을 가만히 일으켜 세워주고 있었다. 갈비뼈 아래 어딘가에서 초여름 바람 같은 가벼운 숨이 드나들고 있었다.

고개를 들어 밤하늘을 올려다보았다. 어깨가 부드럽게 펴지고, 등 뒤 날개뼈가 숨 쉴 때마다 스르륵 날개짓을 하는 듯 오르락내리락하고 있었다. 밤하늘에 그믐달이 걸려 있었다. 들리는 것은 오직 여름 밤 벌레 소리와 내 발걸음 소리뿐이었다. 어느덧 시끄럽던 머릿속이 초여름의 밤처럼 선선하게 식어가고 있었다.

"너를 제일 미워하고 괴롭히는 것은 바로 너 자신인 걸."

그렇게 '걸음'이 나에게 다가와 말을 걸었다. 이제 나는 몸과 함께 걷고 있었다. 마음은 어느새 검은 밤하늘처럼 고요해져 있었다. 아무리 애를 써도 내 마음 하나 어떻게 하지 못하는 힘겨운 나날들이 있었다. 그런 날에도 내 몸이, 내 걸음이 나를 앞으로 나아가게 해주었다. 나는 내 몸과 친구가 되어가고 있었다.

이 책은 지난 몇 년간 1인칭의 시점에서 내 몸에서 일어나는 감각에 귀 기울이며, 나만의 부드러운 움직임을 찾아나가는 몸의 기록이다. 지난날 나는 3인칭 시점에서 타인의 몸과 마음을 분석하고, 평가하며 진단하는 일을 해왔다. 그런 나에게 1인칭의 시점에서 내 몸을 바라보는 일은 무척이나 낯선 경험이었다. 이 경험을 바탕으로 2인칭 시점에서 누군가의 몸과 대화하고, 그 몸에 연결된 마음을 이해해보고자 노력했다. 환자들과의 몸 작업은 그런 내 노력의 일부이다.

내적인 몸의 감각 경험을 강조하는 몸 작업, 혹은 움직임과 관련된 분야를 신체전문가들은 '소마틱스'라고 한다. 소마틱스에 기반한 기법들은 타자의 시점에서 보는 내 몸이 아니라, 자신의 관점에서 자신의 몸을 어떻게 느끼고 있느냐에 더 집중한다. 소마틱스 분야에 속하는 여러 기법들, 예를 들어 요가, 휄든 크라이스 등을 접하면서 나는 스스로에 대한 끊임없는 자책과 비난, 판단을 내려놓고, 호기심 어린 마음으로 내 몸을 관찰하는 법을 배워나갔다. 그 과정 속에서 내 곁에 늘 몸이 함께했음을 깨달았다. 내 몸과 친구가 되어가는 과정은 결국, 내가 나의 좋은 친구가 되어가는 여정으로 이어졌다.

정신과 전문의만 빼면, 별다를 것 없는 마흔 넘은 아줌마의 몸 이야기에 과연 귀 기울일 만한 가치가 있을까 고민했다. 그러나 그것이 누구이든 자신과 타인의 몸의 경험에 귀 기울여보는 일은 공감 어린 세상으로 나아가기 위한 밑거름이 될지도 모른다. 끊임없이 자신을 개발하고, 있는 힘껏 나를 쥐어짜야 겨우 살아남을 수 있는 세상 속에서 나와 나의 환자들은 어떻게 스스로를 존중해가며 살아갈 수 있을까를 힘겹게 고민하고 성찰했다.

우리는 자기 자신과 잘 지내는 것이 어려운 시대를 살고 있다. 자신을 존중하기 위해서는 스스로의 이야기, 그리고 몸의 경험에 가만히 귀 기울여볼 필요가 있다. 자신의 몸, 그리고 자기 자신과 다정히 지내는 것이 어려웠을 누군가에게 나의 경험이 작은 도움이 되기를 진심으로 바란다.

이제, 나의 몸이, 그리고 당신의 몸이 하는 이야기에 귀 기울여볼 시간이다. 몸의 이야기에 귀 기울이다보면, 그 끝에 선명해진 나의 마음, 그리고 나 자신을 만나게 될지도 모를 일이다.

2022년 여름

허휴정

차례 ◆

추천의 말 : 살아 있다는 것은 움직이는 것이다 • 6
프롤로그 : 마음만으로 되지 않던 날, 몸이 다가왔다 • 10

Chapter 1
마음이 힘들면 몸을 살짝, 움직였다

움직이지 못하자, 우울이 찾아왔다 : 움직임과 우울증 • 23
몸을 지배할 수 있다는 착각 : 거식증과 통제욕구 • 28
정신과 의사와 엄마 사이 : 정체성과 몸의 변화 • 33
좌골아, 너 거기 있었구나 : 보이는 몸과 느끼는 몸 • 37
애쓰지 않고 편안하게 : 자기비난과 긴장 • 43
나만의 움직임을 찾아서 : 소마틱스 • 51
내 몸으로 돌아오는 시간 : 몸챙김 • 58
몸 안에 숨길 만들기 : 스트레스와 공황 • 65
더 잘하지 않아도 괜찮아 : 열등감과 몸 • 73
아무것도 하지 않기의 충만함 : 몸의 이완 • 78

Chapter 2

몸에 귀 기울일수록 마음이 선명하게 보였다

무력감을 건너는 법 : 반추와 걷기 • 87

혼자 애써온 나의 몸에게 : 자기돌봄 • 92

몸짓이 그 사람이다 : 감정과 움직임 • 99

누군가의 몸이 내게 온다는 것 : 접촉과 온기 • 105

몸이 즐거워하는 순간 : 놀이와 몸 • 111

혼자가 아니라는 감각 : 연결감과 몸 • 118

포기는 새로운 가능성 : 포기와 수용의 차이 • 124

항상 나를 지지해주는 바닥 : 안정감과 몸 • 132

내 얼굴로 살기 위하여 : 자기다움 • 137

발걸음이 춤이 되는 순간 : 리듬과 몸 • 144

Chapter 3

지금 여기, 움직이는 내가 있어

말하지 않고 느껴지는 것 : 몸의 언어 • 153
고통 한가운데서 일어나기 : 트라우마와 그라운딩 • 162
과거에서 빠져나와 지금 여기로 : 회복탄력성 • 169
마음이 힘들 때 몸이 보내는 신호 : 마음의 신체화 • 176
몸은 삶을 담는 그릇 : 삶에 대한 존중 • 182
몸의 민낯 앞에서 : 연민과 몸 • 188
서로 다른 공간에서 움직이는 몸들 : 연대감과 몸 • 194
움직임이 주는 위로 : 상처와 몸 • 199
오늘은 일단 여기까지 : 지속가능한 몸 • 206
지금 여기, 춤을 추는 내가 있어 : 몸과 마음, 그리고 삶 • 211

에필로그 : 어떤 순간에도 몸이 당신과 함께할 것이다 • 218
감사의 말 • 222

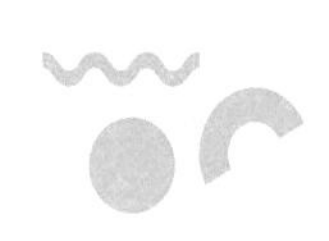

Chapter 1

마음이 힘들면 몸을 살짝, 움직였다

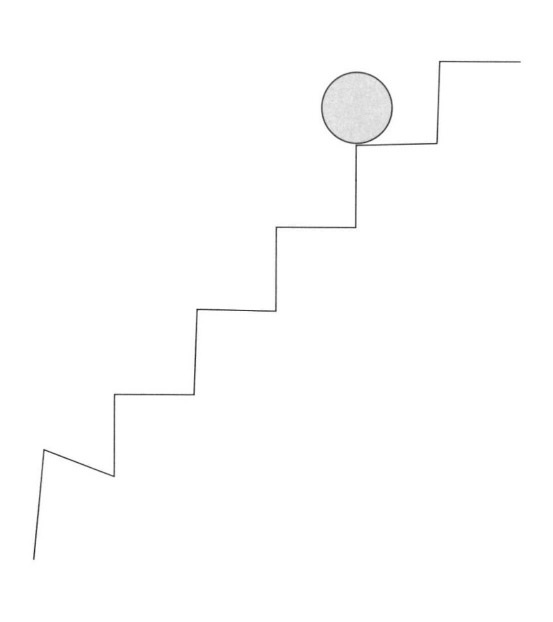

Body & Mind

움직이지 못하자, 우울이 찾아왔다

● 움직임과 우울증

"뭐라고요? 아무것도 안 하고 누워서만 지내야 한다고요?"

초음파를 보던 산부인과 교수님의 표정이 어두워졌다. 자궁경부 길이가 짧아 조산의 가능성이 있으니 입원하는 것이 좋겠다고 했다. 기가 막혔다. 팔다리가 짧은 것도 아니고, 자궁경부 길이가 짧은 것이 입원할 정도로 위험한 일인가 싶었다. 임신 초기에도 절박유산으로 한 달을 누워 있었는데, 다시 입원을 하라니 걱정부터 밀려왔다.

병원 근무를 갑자기 중단하면 또 동료들에게 민폐를 끼쳐야 하고, 계획했던 논문과 연구도 모두 중단해야 했다.

"제가 종일 하는 일이라고는 가만히 앉아서 환자들과 대화를 나누는 것밖에 없는데 굳이 입원까지 해야 하나요? 저는 몸을 쓰는 일을 하는 사람도 아닌데요."

산부인과 교수님은 앉아 있는 것도 아기에게는 무리가 될 수 있다고 했다. 한창 힘들었던 인턴, 레지던트 시절에는 딱 한 달만 아무것도 안 하고 누워만 있었으면 좋겠다고 바랐던 적이 있었다. 그런데… 정말로 그런 시간이 찾아온 것이다.

하지만 온종일 누워 지내는 것은 생각만큼 편안하지 않았다. 아니, 너무나 불편하고 힘들었다. 이상했다. 몸은 쉬고 있지만 전혀 쉬는 느낌이 들지 않았다. 하루하루가 흘러갈수록 누워 지내는 시간들이 점점 고통스러워졌다.

'움직임' 없이 누워서만 지내면서 낮에는 자다 깨다를 반복했고, 그러다보니 정작 밤에는 제대로 잠을 잘 수도 없었다. 잠이 오지 않는 밤이면 핸드폰으로 여행자들의 블로그를 뒤적거렸다. 블로그에 올라온 사진들 속에는 여행자들이 빛나는 햇살처럼 환하게 웃고 있었다. 그들처럼 원하는 곳에 자유로이 갈 수가 없었던 나는 입원실이 꼭 감옥처럼 느껴졌다.

이 모든 상황이 내 자유의지를 빼앗아갔다고 느껴지자, 견딜 수 없는 무력감과 박탈감이 밀려왔다. 처음에는 이것저것 뭔가를 해보려고 노력했다. 누워서 작업할 수 있는 간이 독서대에서 논문이라도 써보려고 했지만, 그것도 한 시간도 채 되지 않아 포기했다. 목과 어깨가 아파 견딜 수가 없었던 것이다. 꼼짝도 못 하고 누워 지내야 한다니, 마치 내가 침대라는 관 안에 드러누운 시체 같았다. 뭘 먹고 싶은 마음도 생기지 않았다. 또 먹는다고 해서 맛있다는 것도 느낄 수가 없었다.

가끔은 멍하게 누워서 천장을 바라보고 있으면 온갖 불안과 걱정이 성난 파도처럼 밀려왔다. 도대체 내가 무엇을 잘못했는지 알 수가 없었다. 좀 더 젊고 건강했어야 했나? 내 자궁 경부는 대체 왜 짧은 것일까? 나는 엄마가 될 준비가 되지 않은, 일 욕심만 많은 이기적인 인간일까? 불안과 걱정이 잦아들면 곧이어 답도 없는 죄책감과 자괴감이 밀려왔다. 온갖 좋지 않은 생각들이 머릿속을 둥둥 떠다니는 듯했다.

생각에서 벗어나고 싶었지만, 꼼짝달싹하지 않고 누워만 있으니 부정적인 생각에서 헤어 나올 수가 없었다. 한 달이 흐르자, 내 몸은 검푸른 바다에 둥둥 떠 있는 낡고 녹슨 거대한 인큐베이터 같았다. 갈수록 몸도 마음도 깊은 바다 밑으로

서서히 가라앉는 듯했다.

어느 날은 가족 중 누군가 "그래도 엄마가 될 사람인데, 배 속 아기를 생각해서 몇 달 누워서 고생하는 것쯤 잘 참고 견뎌야지"라고 말했다. 나는 그 말을 듣고 이불을 뒤집어쓰고 누워 종일 펑펑 울기도 했다. 아무것도 안 하고 누워 있는 일이 얼마나 외롭고 힘든 일인지 누구도 이해해주지 않아 서러웠다. 무엇보다 나 스스로도 이해하기 어려웠다.

일상에서 움직임이 사라진 나는 이전의 내가 아니었다. 나란 존재는 없어지고, 우울한 몸만 덩그러니 남아 힘든 시간을 애써 견뎌내고 있었다.

우울증은 흔히 '마음의 병'이라고 하지만, 동시에 '몸을 잠식하는 병'이기도 하다. 우울증에 걸리면 몸이 마치 배터리가 방전된 기계가 된 듯 움직임이 둔탁하고 느려지며, 목소리는 가라앉고 작아진다. 극심한 우울증으로 정신과 병동에 입원한 환자들은 때때로 죽은 사람처럼 꼼짝도 않고 침대에 누워서 지내곤 한다. 한마디로 '의미 있는 움직임'을 잃어버린 상태가 되는 것이다. 그분들은 실제로 아무것도 할 수 없다고 말한다. 그것은 마음뿐만 아니라 몸이 마음대로 움직여지지 않는 것을 의미하기도 한다.

몸이 제대로 움직이지 않으면 삶에서 중요한 것을 더 이상 실행해나갈 수 없다는 깊은 좌절감을 느끼게 한다. 아무것도 할 수 없다는 느낌은 삶을 더욱 무의미하게 만들고, 급기야 우울증을 악화시킨다. 움직임은 삶이라는 무대 위 배우와도 같다. 아무리 좋은 시나리오도 의미 있는 움직임으로 실현되지 않는다면 빛을 발하지 못한다.

출산 무렵 꼼짝없이 두 달간 누워 지내며 겪은 우울은 몸에서 느껴지는 그 무엇이었다. 아무리 좋은 쪽으로 마음을 돌려보려 해도 움직일 수 없는 몸 안에 스며든 우울의 기운까지 떨쳐버리진 못했다. 두 달이 지났을 때는 마음을 고쳐먹는 것을 아예 포기해버렸다. 이미 마음은 몸을 외면했고, 움직일 수 없었던 몸은 외로이 그 시간을 견뎌내고 있을 뿐이었다.

몸을 지배할 수 있다는 착각

● 거식증과 통제욕구

"살찐 내 모습이 혐오스러워요. 칼로 제 살을 다 도려내고 싶다고요."

A씨가 절망스럽다는 듯 말했다. 이제 막 서른이 된 그녀는 이십대의 대부분을 날씬한 몸을 위해 고스란히 바쳤다. 그녀는 자신이 못생기고 뚱뚱하다고 여겼다. 혹여 직장에서 외모 때문에 다른 사람들이 자신을 싫어하거나 무시하지나 않을까 전전긍긍했다. 그러다보니 동료들과 편히 지내는 것도 쉽지 않았다.

실제로 다른 사람들이 그녀를 싫어했거나 무시했는지 알

수는 없었다. 다만, 분명한 것은 그녀가 자기 자신을 너무나도 싫어하고 있다는 사실이었다.

무엇보다 그녀는 자신의 일부인 살을 도려내고 싶을 정도로 혐오하고 있었다. 그런데, 정말로 살을 빼면 그녀는 스스로를 혐오하지 않게 될까? 그녀가 안쓰러우면서도 얼핏얼핏 그녀에게서 내 모습이 겹쳐보기도 했다.

나 역시 내 살을 도려내었으면 좋겠다고 생각한 적이 있다. 출산 직전, 내 몸무게는 74킬로그램, 살아오면서 가장 무거운 시절이었다. 출산을 하고 나면 원래 체중으로 돌아올 거라고 기대했지만, 아기를 낳은 지 한 달이 지났는데도 여전히 65킬로그램이었다. 임신으로 늘어난 배는 살이 터지면서 손톱이 할퀴고 간 자국처럼 임신선이 선명하게 남아 있었다.

거울을 보면 한숨부터 나왔다. 나는 두 달 동안 가혹한 다이어트를 시작했다. 아침에는 커피 한 잔, 점심에는 삶은 달걀 두 개와 샐러드, 저녁에는 찐 고구마 한 개로 하루의 일용할 식량을 견뎌냈다. 내 식단은 10여 년간 만나왔던 거식증 환자의 식단과 비슷했다. 그렇게 먹다가는 마음까지 말라비틀어지겠다며 냉소를 보냈던 바로 그 식단이었다. 온몸의 에너지가 다 빠져나갈 것 같았다. 하지만 체중계에 올라가서 몸무게를 확인하면 더 이상 먹을 수가 없었다.

독하게 마음을 먹었다. 그리고 얼마 남지 않은 에너지를 끌어 모아 매일 몇 시간이고 러닝머신 위에 올라갔다. 내가 싫어하는 몸의 일부를 다 태워 이 세상에서 없애버리고 싶었다. 나는 내 몸을 증오하고 있었다. 살찐 몸으로 출근한다는 것은 마치 초라하고 볼품없는 옷을 입는 것과 다를 바가 없다고 생각했다.

노력은 보상으로 돌아왔다. 두 달이 지나자 10킬로그램이 넘게 빠졌다. 출산 휴가가 끝날 때 즈음, 체중은 출산 직전보다도 더 줄어 있었다. 출산 휴가가 끝나고 병원으로 복귀했을 때, 사람들은 몰라보게 살이 빠진 나를 보고 감탄했고, 나는 자기관리를 잘한 여자가 된 것 같아 으쓱했다.

이제 마음은 몸을 통제하는 '완벽한' 관리자가 되었다. 몸은 자주 꼬르륵거리며 칭얼거렸지만, 마음은 그런 몸이 창피하다고 무시해버렸다. 가끔은 몸이 어깨와 허리가 아프고 관절이 시리다고 말했지만, 마음은 이런 몸의 아프다는 소리에 귀 기울이지 않았다. 그때 마음은 몸의 피드백을 듣지 않는 꼰대와 같았다.

실제로 우리 뇌는 적절한 영양공급을 받지 못하면 유연한 사고능력을 잃어버린다. 그러다보니 체중 이외에 삶에서 중요한 다른 것들에 대해 생각할 여유를 잃어버린다. 마치 다른 의견을 듣지 않고 오로지 실적을 위해 자기 고집만 부리는 직장 상사처럼 말이다.

그때 내 마음속 가장 중요한 목표는 무엇이었을까? 변해버린 몸을 완벽하게 통제해서 예전 모습으로 돌아가는 것이었을까? 돌이켜보면, 내 몸 안에서는 임신과 출산이라는 거대한 변화가 일어났고, 노화가 슬금슬금 진행되고 있었다. 임신 전 몸으로 돌아간다는 것은 사실상 불가능한 일이었다. 그렇지만 나는 몸이 마음대로 조절할 수 있는 것이라고 생각했다.

몇 년이 흐른 지금, 결국 나는 그때의 몸무게를 유지하는데 실패하고 말았다. 그러면서 한동안 자괴감과 자기혐오가 요요처럼 따라왔다. 몸을 내 마음대로 완벽하게 조절할 수 있다는 것은 그저 착각에 불과했다.

마음이 몸의 완벽한 관리자가 되는 일이 과연 가능할까? 만약 그것이 가능하다면 대체 누구를 위한 것일까? A씨와 나, 그리고 많은 여성들이 몸의 완벽한 관리자가 되려고 젊은 날을 힘들게 보낸다. 음식을 제한하고, 운동량을 조절하고, 체중을 통제하려 애쓴다. 그렇게 몸을 완벽하게 관리하기 위해 몸이 전하는 피드백들을 무시한다.

"어쨌거나 살이 빠져서 예뻐졌잖아. 대체 뭐가 문제야?"

마음은 스스로 완벽한 관리자가 되어 원하는 것을 다 이루어주었다고 착각했다. 그것은 어쩌면 지금껏 마음이 몸에게 행한 무자비한 가스라이팅이었을 것이다. 남의 말을 듣지 않는 꼰대가 활개 치는 마음속 일터가 행복할 리 만무했다. 그렇게 마음이 몸의 완벽한 관리자가 되는 순간, 나는 자주 불행하다고 느꼈다.

정신과 의사와 엄마 사이

정체성과 몸의 변화

도대체, 나는 누구일까? 병가를 내고 3개월을 누워 지내며 내내 이 생각을 했다. 그동안 나는 내가 일하는 곳에서 나름 중요한 사람이 되고자 노력해왔다. 삶에서 일은 나의 정체성을 이루는 가장 중요한 것 중 하나였다. 그런데 출산 휴가 동안 나 없이도 병원은 '충분히' 잘 돌아가고 있었다. 나 하나쯤 없어진다고 해서 병원이 무너질 리 없었다. 그 차가운 현실을 인식하고 나니, 갑자기 내가 쓸모없고 가치 없는 존재라고 느껴졌다. 암울했다.

그렇다면 어디서 나의 정체성을 찾아야 할까? 사실, 임신부터 출산까지 몸과 마음은 모두 변화무쌍한 시기였다. 사람의 배가 그렇게까지 늘어날 수 있을까 싶을 정도로 부풀어 올랐고, 골반이 벌어지면서 뒷모습도 확연히 달라져 있었다. 아기를 낳고서는 머리 앞부분에 점점 머리카락이 빠지더니 이마까지 넓어져서 샤워를 할 때마다 깜짝깜짝 놀라곤 했다. 거울 속의 모습은 더 이상 내가 기억하던 내 모습이 아니었다.

출산 이후, 체중이 줄어도 몸은 이제 되돌릴 수 없는 변화를 겪고 난 뒤였다. 같은 옷을 입어도 예전과는 사뭇 달라진 느낌이었다. 이제 나는 더 이상 관리 잘하는 여자가 아니라 관리를 포기한, 그저 그런 아줌마일 뿐이었다.

몸의 변화는 정체성의 변화로 이어지고 있었다. 이제 내 옆에는 내가 돌보아야 하는 아기가 있었다. 출산과 함께 나는 '엄마'라는 역할을 하나 더 얻으면서 원래 내가 갖고 있던 '정신과 의사'라는 역할에도 영향을 받을 수밖에 없었다. 예전처럼 밤늦도록 일을 하거나 평일에 미루어두었던 일을 주말에 할 수도 없었다. 뭐 하나에 온전히 집중하며 일을 한다는 것은 이제 불가능해졌다. 몸이 달라진 나는 이전의 나와는 분명 달라져 있었다.

몸의 변화는 마음의 변화와 함께 왔다. 누워 있는 동안 움직이지 않던 몸은 마음에 어두운 그림자를 드리웠다. 그러자 그동안 '나'라고 생각했던 마음 안의 모든 것이 보이지 않았다. 시커먼 안개처럼 아무것도 보이지 않자, 내가 어떤 사람이었나 갑자기 혼란스러워졌다.

마음은 내가 살아오는 동안 내 모든 것의 주인처럼 행세했다. 그런데 임신 기간, 특히 아무것도 하지 못한 채 누워 있었던 시간은 몸이 내 삶을 송두리째 집어 삼켜버렸다. 마음은 몸에 대한 통제력을 잃어버렸고, 그러자 (단 한 번도 내 삶에서 주인이 되지 못했던) 몸은 내 안의 모든 것을 어두운 그림자로 만들었다.

많은 순간, 내가 어떤 사람인가에 대해 생각할 때 내 마음만을 생각했다. 몸은 그저 마음의 명령을 받아 마음이 원하는 것을 행동으로 옮겨주는 부하 같은 존재라고 생각했다. 그런데, 움직이지 않게 되자 몸은 마음에 우울한 그림자를 드리우는 무서운 힘을 가진 존재로 돌변했다. 분명 몸은 나의 일부였지만 그동안 나는 몸에 대해 너무나 무지했다.

다시, 나는 누구일까? 정신과 의사인 나는 이 질문에 현명한 답을 찾고 싶었다. 또한 나의 환자들이 기나긴 치료 끝에 이 질문에 만족스러운 답을 찾기를 바랐다. 이 질문에 대한 답을 찾아나가는 여정에 몸의 이야기를 빼놓아서는 안 되겠다고 생각했다. '자신'이라는 단어에서 '신'은 몸 신(身)자다. 나를 알아나가는 데에 있어 몸은 그만큼 중요한 것이었다.

몸의 이야기를 듣기 위해서 무엇을 해볼 수 있을까? 그때, 내가 가장 먼저 떠올린 것은 '요가'였다. 요가의 어원은 인도 고대어의 하나인 산스크리트어로 '말을 마차에 묶다.' 또는 '결합'이라는 의미를 가진다. 날뛰는 말과 마차를 욕망에 따라 움직이는 몸과 마음에 비유하여 몸과 마음을 단단히 묶거나 연결시키는 행위를 요가라고 한다. 그래서인지 요가는 단순히 몸을 움직이는 것 이상의 어떤 행위처럼 느껴졌다.

어쩌면 요가는 몸과 마음을 함께 돌볼 수 있는 좋은 방법이 아닐까 하는 기대가 생겼다. 요가를 배우다보면 나도 몰랐던 나에 대해 조금 더 알게 되고, 또 마음만으로 자기 자신을 이해하는 것을 어려워하는 환자들에게도 도움이 될 것 같았다.

이제, 정말로 내 몸을 만나고 싶었다. 한 번도 만나지 못한 내 안의 친구를 찾아보고 싶었다.

좌골아, 너 거기 있었구나

보이는 몸과 느끼는 몸

"그런데 선생님, 평소에 불편한 데는 없으세요?"

요가 레슨 첫날, S선생님(나에게 요가와 몸의 세계로 인도해 준 선생님)이 나에게 물었다. 정신과 의사가 된 이후부터 지금까지 처음 만나는 환자들에게 내가 묻는 질문과 똑같았다. 돌이켜보니, 나 자신에게는 묻지 않았던 질문이었다.

"글쎄요, 딱히 아프거나 불편한 데는 없는 것 같은데요."

갑자기 나에 대한 질문을 받자 말문이 막혔다. 사실이 그랬다. 당시 나는 늘 피곤하다는 느낌 이외에 내 몸에 대해 크게 불편한 것이 없었다. 사실 불편함이 없었던 것이 아니라 내 몸에 대해 그다지 관심이 없었다는 것이 더 정확하다. 하긴, 지금껏 몸은 나에게 별다른 관심의 대상이 아니었으니까. 그래서 몸이 어디가 아프고 불편한지, 무엇을 원하는지, 그동안 내 몸이 어떻게 살고 있었는지 알고 있을 턱이 없었다.

S선생님은 마주 앉아 있는 나를 가만히 보시더니, 질문을 이어나갔다.

"지금 앉은 자세에서 좌골을 한번 느껴볼까요?"

갑자기 S선생님 입에서 '좌골'이란 단어를 들으니, 의대 본과 1학년 때 공부했던 골학(Osteology)이 생각났다. 거의 2주 만에 온몸의 뼈 이름을 다 외워야 했는데, 그때 밤새도록 쳐다보았던 사람의 뼈 모양이 순간 머릿속에 떠올랐다. 의대를 졸업한 이후로는 뼈에 대해서 생각해본 적은 없었던 것 같다. 정신과 레지던트가 된 이후로는 더욱 무관심해졌다. 나에게 뇌를 제외한 다른 부분은 다른 과 의사들이 맡아야 할 부분, 즉 나의 일이 아니었다. 가끔 환자들 중에는 허리가 아프거나 다리를 다쳐 오는 경우가 있어서 그분들의 엑스레이나 MRI

를 보며 정형외과 진료를 볼 수 있도록 연결해주는 정도였다. 더군다나 그동안 내가 생각해왔던 것은 환자들의 뼈와 골격, 다시 말해 타인의 뼈와 골격에 관한 것들이 전부였다.

이렇게 나는 뼈와 골격에 대해 제3자의 입장으로 바라보던 의사라는 직업을 가진 사람이었다. 뼈가 부러져 있지 않으면, 나도 대다수 정형외과 의사 선생님들처럼 "제가 검사 결과를 보건대, 환자분이 지금 말씀하시는 정도로 아플 수는 없을 것 같은데요"라고 단정적으로 말하곤 했다. 통증은 명백히 당사자가 느끼는 것인데, 제3자가 아플 일이 아니라고 단정을 짓는 것은 참으로 무례하고 건방지기 짝이 없는 일이었다. 그런 내가 내 뼈가 어떻게 되어 있는지 당연히 별 관심이 없었을 뿐더러, 부러지지 않았다면 더 이상 관심을 가질 필요도 없었다. 그런데 내 좌골을 느껴보라니 당혹스러웠다. 내 몸 안에 뼈가 없지 않을 텐데, 정말 나는 아무것도 느껴지지 않았다.

"선생님, 제 좌골은 엉덩이 살에 파묻혀 있어서 그런지 잘 느껴지지 않는데요."

"네, 대부분의 사람들이 푹신한 의자에서 생활하기 때문에 안 느껴질 수도 있어요. 어쩌면 당연한 일이지요."

선생님이 따뜻하게 미소 지으며 말했다. 좌골이 안 느껴진다는 사실이 몸의 감각에 대해 심각하게 둔하다거나, 무슨 문제가 있는 것 아닌가 싶었는데, 선생님의 말씀을 들으니 조금은 마음이 편안해졌다.

"이제, 엉덩이 아래에 손바닥을 놓아볼까요? 그 상태에서 상체의 무게 중심을 옮겨보며 좌우로 작고 미세하게 움직여 보세요. 이제 다시 한번 좌골을 느껴보세요."

선생님이 안내해주는 대로 해보았다. 몸 안에 단단하고도 동그란 뼈가 가만히 바닥에 닿아 있는 느낌이 들었다. 내 골반이 단단하게 바닥을 짚고, 상체를 받치고 있었다. 어느새 좌골의 감각이 고개를 쏙 내밀고 슬그머니 느껴지는 듯했다.

"우와, 신기하네요!"

내 몸 안에도 뼈가 있는 것은 당연했다. 그러니 신기할 일이 아닌데도 처음 있는 일처럼 낯설고 새롭게 느껴졌다. 태어나서부터 지금까지 시시각각 몸이 변해왔겠지만, 좌골은 그 수많은 시간 동안 앉아 있던 내 몸을 말없이 떠받치고 지냈을 것이다. 그런데 지금껏 내 몸 안에 있는 좌골을 느껴보려고 했었던 적은 단 한 번도 없었다. 문득, 마음이 몸에게 말을 걸고 싶어졌다.

"안녕? 너, 거기 있었구나!"

많은 순간, 내 마음만을 생각하며 살아왔다. 정신과 의사가 된 이후로는 더더욱 그랬다. 반면에 내 몸에 대해서 생각해본 적은 별로 없었다. 아니, 생각했어도 그것은 내가 느끼는 내 몸이 아니라, 타인이 바라보는 내 몸이었다. 남들에게 살쪄 보이지는 않을까, 못생겨 보이지는 않을까 늘 전전긍긍했었다. 겉으로 드러난 몸만 생각하느라 내 몸 안의 감각에 대해서는 아플 때가 아니면 그다지 신경을 쓰지 않았다.

요가 레슨을 마치고 집으로 돌아오며 여러 생각이 들었다.

그래도 요가를 하면 날씬해지고 예뻐지지 않을까 내심 기대를 했는데, S선생님과 이렇게 좌골의 감각만 느끼고 지내서는 도저히 그럴 수 없을 것 같았다. 그런데 내가 예뻐질 수는 없더라도 그냥 내 몸이 있는 그대로 괜찮을지도 모르겠다고 생각했다. 이런 생각에 미치자, 어쩐지 누군가로부터 위로를 받는 듯한 느낌이 들었다.

애쓰지 않고 편안하게

자기비난과 긴장

"아무래도 제가 잘하지 못했던 것 같네요."

B씨가 큰 잘못을 저지른 사람처럼 말했다. 그는 어깨와 등이 구부정하게 말린 자세로 앉아, 숨이 턱턱 막히는 듯 숨을 몰아쉬고 있었다. IT회사에 다니는 그는 며칠 전에 팀을 대표하여 중요한 프레젠테이션을 했는데, 그것을 망쳐버린 것 같다고 말했다.

"구체적으로 어떤 부분 때문에 발표를 망친 것 같아요?"

"모조리 전부 다요. 제가 너무 긴장을 했어요. 발표를 하려고 앞에 나갔는데, 앞에 앉아 계신 이사님과 눈이 딱, 마주쳤어요. 순간 얼굴이 달아오르고 손이 덜덜 떨리더라고요. 제가 너무 바보 같아 보였어요."

가만히 그의 이야기를 들어보니, 그가 몹시 긴장했다는 것 외에 발표를 망쳤다는 명확한 근거를 찾기 어려웠다. 또, 동료 중 어느 누구도 그에게 질책하지 않았다. 발표를 망쳤다고 말한 사람은 사실상 그 자신뿐이었다.

그의 마음속 어딘가에는 늘 험한 말들로 꾸중하는 엄격한 상사와 같은 또 다른 B씨가 살고 있는 듯했다. 마음속의 험한 말들은 B씨를 긴장하게 만들었다. 공적인 발표처럼 누군가에게 자기 자신을 드러내야 하는 일은 그를 항상 불안하고 초조하게 만들다가 끝내 수치심과 좌절감을 안겨주곤 했다. 실제로 그가 부족한 사람인지는 모르겠으나 '나는 한없이 모자란 인간'이라는 생각이 그의 삶을 잠식하고 고통스럽게 만드는 것은 분명해 보였다. 대체 누가 그에게 자기비난으로 시커멓게 칠한 선글라스를 씌웠는지 알 수가 없었다.

그의 선글라스를 벗겨주고 싶은 마음이 들면서도 문득 '나 자신을 바라보는 렌즈는 맑고 투명할까?' 하는 의문이 나에게로 향했다. 나 역시 내가 하는 모든 일이 형편없이 부족하다고 오래전부터 생각해왔다. 가끔은 별 볼 일 없는 나의 실체가 만천하에 드러날지 모른다는 상상을 하며 불안해하기도 했다.

심리학자 폴 길버트는 끊임없는 자기비난이 우울, 불안, 수치심 등 수많은 부정적인 감정들을 만들어낸다고 했다. 그래서 자기비난이 심한 사람은 스스로에게 따뜻함, 자비심, 위안 등 긍정적인 느낌을 주는 것을 어려워한다고 했다. 다시 말해 힘이 드는 상황에서 자신에게 좋은 친구가 되어주지 못하고, 오히려 가혹한 비난을 쏟아 붓는 가해자가 되기 쉽다는 것이다.

요가 레슨을 받으면서 궁금한 점이 생겼다. 이렇게 힘이 드는 상황에서 내 안의 두 존재인 몸과 마음은 서로 어떻게 반응하고 있을까? 힘이 들 때마다 자기비난을 쏟아내는 것을 보면, 마음이 나에게 다정한 친구가 아닌 것은 분명한 듯했다. 그렇다면 마음이 비난을 쏟아내는 순간에 몸은 무엇을 하고 있을까?

"다리를 펴고 바닥에 앉아봅시다. 이제 오른쪽 무릎을 살며시 구부린 다음, 양손을 모은 채 발바닥 앞에 깍지를 끼어봅니다. 그 상태에서 할 수 있는 만큼 오른쪽 다리를 앞으로 밀어보세요."

S선생님의 안내를 받자, 문득 종이가 접히듯이 날씬한 여자가 상체와 하체를 밀착시켜 몸을 접는 유연한 자세가 떠올랐다. 그러나 내 몸에서 일어나는 일은 상상과는 사뭇 달랐다. 벽에 기대어 앉은 내 몸은 마음의 상상대로 부드럽게 접히지 못하고 뻣뻣한 'ㄴ'자 모양을 한 채, 오른쪽 발과 손에는 잔뜩 힘이 들어가서 부들부들 떨고 있었다. 그러자 마음이 애쓰고 있는 몸을 보고 피식 비웃으며 말했다.

"뭐야, 너무 뻣뻣하잖아. 뱃살이 너무 많아서 몸이 굽혀지지 않는 것 아냐? 이런… 쯧쯧."

몸은 마음의 비난을 듣자마자 더욱 애쓰는 듯했다. 분명히 어깨를 움직이라는 안내가 없었는데도, 양 어깨에는 힘이 잔뜩 들어가서 두들겨 맞은 듯 뻐근한 통증이 밀려왔다. 게다가 쓸데없이 턱에도 이를 악 물고 힘을 주고 있었다. 몸은 긴장해서 더욱 얼어붙고 있었지만, 뭐라도 해보겠다고 엉뚱한 곳에 계속 힘을 쓰고 있는 것 같았다. 뭔가 잘못되어가고 있는 것이 분명했다. 마음은 계속 비웃고, 몸은 뭐라고 반박하지도 못하고 애처로이 애만 쓰고 있었다.

"선생님, 제가 잘못하고 있다는 생각이 들면 늘 어깨와 턱에 잔뜩 힘이 들어가요. 긴장해서 그런가 봐요."

몇 번의 요가 레슨으로 알게 된 사실이었다. 마음이 비난하면 몸은 얼어붙은 상태에서 어쩔 줄 몰라 했다. 그럴 때마다 어깨와 턱에 힘이 들어갔다. 몸이 긴장해서 얼어붙고 있다는 신호였다.

"음… 그런데, 지금 무엇을 잘못하고 있다고 생각하세요?"

선생님이 가만히 물었다. 사실 내가 무엇을 잘못하고 있다는 근거는 어디에도 없었다. 몸은 그저 선생님의 안내에 따라 움직이고 있었다. 선생님은 나에게 종잇장처럼 몸을 접으라고 안내한 적이 없었다. 그 자세는 단지 마음이 상상한 것뿐이었다. 상상처럼 되지 않는다고 몸이 잘못하고 있다고 말할 수는 없었다.

일이 잘 되지 않을 때, 항상 내가 잘못했기 때문이라고 생각했다. 원하지 않는 결과를 마주했을 때, 자책하는 것은 내 오랜 마음의 습관이었다. 근거 없는 자책은 내 몸을 쉽게 얼어붙게 만들었다. 마치 호되게 혼난 뒤에 잔뜩 위축된 어린아이처럼.

얼어붙은 몸과 마음으로는 아무것도 할 수가 없었다. 자기비난의 선글라스를 쓰기 시작하면 '지금 – 여기' 이 상황에서 나에게 무엇이 중요하며, 어떻게 나아가야 할지 보이지 않았다. 그러다보면 꽤 오랜 기간 하릴없이 우울해했다. 어쩌면 회사에서 발표를 하던 B씨의 마음도 그랬을 것이다.

"발을 앞으로 밀다가 덜덜 떨리기 시작하면, 그것은 내가 할 수 있는 범위를 넘어서서 애쓰고 있다는 의미입니다. 그때는 조금 더 느리고, 작고 미세하게 움직여 보세요. 가용한 범위를 넘어서 멀리 발을 뻗는 것이 이 순간의 목표는 아닙니다. 내가 편안하게 움직이는 범위를 알아보고 긴장이 될 때, 멈출 줄 아는 것이 내 몸을 어떻게 움직여야 할지 이해하는 데 중요합니다."

선생님의 이야기를 듣고, 마음은 머쓱한 듯 비아냥거리는 것을 멈추었다. 그리고 어느새 몸이 움직이는 것을 그저 따뜻하고 부드러운 눈길로 바라보기 시작했다. 오른발을 가만히 앞으로 밀다가 무릎 뒤로 긴장이 느껴지면 슬며시 멈추었다. 그러자 긴장하여 잔뜩 솟아올랐던 어깨가 어느덧 차분히 내려앉았다. 턱에도 힘이 풀렸다.

이제 내가 움직이고 싶은 만큼, 움직이고 싶은 방향으로 오른발을 뻗어가며 긴장하지 않고 부드럽게 움직이기 시작했다. 이 움직임에서 가장 중요한 점은 더 크게 더 많이 뻗어 움직이는 것이 아니라, 할 수 있는 만큼 애쓰지 않고 부드럽게 움직이는 것이었다.

긴장으로 꽁꽁 얼어붙었던 근육이 스르륵 풀리자, 이제 몸은 알아서 부드러운 자신만의 움직임이 일어나는 길을 찾아가기 시작했다. 마음이 자기비난을 멈추자, 몸은 비로소 무엇이 중요하며 어떻게 나아가야 하는지 스스로 알아가고 있었다.

이제, 마음은 몸에게 조금 더 다정하게 다가가야 한다는 것을 깨닫기 시작했다.

나만의 움직임을 찾아서

소마틱스

요가 레슨을 받으면서 이 경험을 환자들과도 공유하면 어떨까 하는 생각이 들었다. 내 몸에서 일어나는 감각을 고요히 관찰해가며 부드러운 움직임을 찾아나가는 시간은 마음을 편안하게 만들었다. 어쩌면 우울이나 불안과 같은 불편한 정서 때문에 힘들어하는 환자들에게도 도움이 될 것 같았다.

나는 S선생님과 함께 정서조절을 위한 소마움직임 프로그램(Soma e-motion Program)을 기획해보기로 했다. 그리고 오랜 시행착오 끝에 프로그램을 실행하는 첫날, C씨가 눈물을 머금은 채 약간은 얼떨떨해진 표정으로 말했다.

"내 몸을 대하는 방식이 낯설고 재미있게 느껴지네요. 그동안 내 몸이 어떻게 보일까, 어떻게 하면 완벽한 동작을 만들 수 있을까를 생각했지, 정작 내 감각이 나에게 어떻게 느껴지는지는 생각해본 적이 없었던 것 같아요."

그녀는 한때 요가와 춤을 가르치는 강사였다. 누구보다 열심히 잘 살아왔지만, 공황발작이 생기면서 하던 일을 내려놓고 쉴 수밖에 없었다. 쉼 없이 움직이며 열심히 살아왔으면서도 정작 움직임이 자신에게 어떻게 느껴지고 있는지는 알지 못했다. 그러던 그녀가 자신의 움직임을 자기만의 감각으로 탐색하게 된 것은 분명 새로운 발견이었다.

정말로 그랬다. 의자에 앉는 것, 걸어가는 것, 서 있는 것, 팔을 들어 올리는 것 등 일상에서 무심코 했던 수많은 움직임들이 마치 새로운 여행을 떠나는 것처럼 낯설고 흥미롭게 느껴졌다. 움직임을 대하는 몸과 마음의 태도도 어느새 달라져 있었다.

몇 번의 요가 레슨을 받고 나니, S선생님이 몸을 대하는 방식은 그냥 내가 알고 지내던 요가와 조금은 다른 것 같았다.

TV에서 봐왔던 기묘해 보이는 형태의 자세는 레슨 시간에 하지 않았다. 오랜 기간 요가를 하고 나면, 요가의 달인이라던 유명 연예인들처럼 유연한 자세를 할 수 있을 거라 내심 기대했는데, 그런 자세는 평생 한 번도 못 해볼 것 같았다.

그런데 레슨을 받으면 받을수록 그런 자세를 평생 못 해봐도 상관없지 않을까 하는 생각도 들었다. S선생님처럼 자신의 몸의 감각에 따라 '작고 미세하고 부드럽게' 움직이며 살아가는 것도 나쁘지 않을 것 같았다. 시간이 지날수록 삶 속에서 내가 내 몸을 어떻게 하면 부드럽고 편안하게 사용할 수 있을지에 대해 스스로 묻고, 또 묻기 시작했다. 그것은 '내 몸과 마음을 어떠한 태도로 대해야 하는가?' 하는 질문으로 이어졌다.

선생님의 요가 레슨은 그 질문에 대한 답을 찾아나가는 데 큰 도움을 주었다. 시간이 지나고 나서 알게 된 것이지만, 선생님의 레슨은 단순히 요가뿐만 아니라 휄든 크라이스, 알렉산더 테크닉 등 소위 '소마틱스(Somatics)'라고 부르는 분야에 속하는 여러 가지 신체 기법들이 조화롭게 녹아들어가 있었다.

소마틱스란 1인칭 시점에서 자신의 몸을 바라보는 것, 즉 몸 내부에서 느껴지는 내적인 감각 경험을 중요하게 다루는 몸 작업이다. 우리가 운동을 할 때, 날씬하게 보이기 위해 혹은 보기 좋은 근육을 만들기 위해 노력한다면, 그것은 소마틱스적인 태도로 몸을 다루는 것이 아니다. 소마틱스는 타인의 관점에서 바라보는 몸이 아닌, 마음을 통해 자신의 감각으로 바라보는 몸을 중요하게 생각한다.

소마틱스는 나만의 움직임을 찾아나가는 여정이다. 나만의 걷기, 나만의 앉기와 서기, 나만의 눕기, 나만의 수저질하기 등 일상 속에서 나만의 움직임을 만들어나간다. 그래서 몸을 움직일 때, 특정한 동작의 완성보다는 그 움직임을 어떻게 느끼고 있는지를 중요하게 여긴다. 내 몸은 다른 누군가의 몸과 똑같지 않다. 그래서 내 몸의 감각으로 나만의 움직임을 찾아나갈 수밖에 없고, 그렇게 나에게 최적화된 움직임으로 살 때, 가장 편안하고 안정감을 느낄 수 있다.

똑바로 선 자세에서 서서히 윗몸을 땅을 향해 숙여 팔과 머리를 늘어뜨리는 움직임을 요가에서는 '웃타나사나'라고 한다. 처음 선생님의 안내에 따라 이 움직임을 했을 때, 나는 마음이 상상하는 것처럼 몸을 납작하게 접기 위해 끙끙거렸다. 때로는 있는 힘껏 애를 쓰며 손으로 땅바닥을 짚어보려 했다. 그런 몸을 보고 마음이 말했다.

"뭐야, 구부정하고 어정쩡하게…. 배가 너무 나와서 더 안 내려가는 거 아냐?"

소마틱스적 태도로 웃타나사나를 할 때는 몸을 종이가 접히듯 납작하게 접거나 뻗은 손을 땅바닥에 짚어 유연성을 보여주는 것은 중요하지 않다. 그보다 중요한 것은 내 몸에서 느껴지는 감각을 온전히 깨어 있는 태도로 선명하게 관찰할 수 있느냐 하는 것이다.

"천천히 상체의 긴장을 살펴가며 바닥을 향해 상체를 기울입니다. 숨이 편안하고 척추에 부담이 되지 않는다면 천천히 바닥으로 상체를 더 기울여 봅니다. 손을 편한 위치에 두며 바닥으로 떨어지는 몸의 무게를 느껴봅니다. 상체를 숙일 때 척추의 길이가 길어지는 것을 느껴보세요. 아래로 많이 내려가는 것이 이 움직임의 목적은 아닙니다. 자신이 편안한 만큼 내려가면서 몸의 어디가 긴장하고 있는지 알아차려보세요. 발바닥의 무게는 어디에 실려 있나요?"

이제 몸은 마음의 말 대신 선생님의 안내에 귀를 기울이며 가만히 움직였다.

"음, 상체를 늘어뜨리니까 척추가 길게 쭉 늘어나는 느낌이 들어. 상체를 숙일수록 가슴 부위가 좁아지면서 숨을 쉴 때마다 긴장감이 새롭게 느껴져. 머리를 아래로 툭 떨구었더니 어깨가 늘어나면서 시원해지는 느낌이 들어."

움직이던 몸이 느끼고 있는 것들에 대해 말하기 시작했다. 마음은 어느새 몸에게 심술궂게 핀잔을 주던 것을 멈추고 가만히 몸의 이야기를 듣고 있었다. 그리고 호기심이 생겼는지 몸에게 말을 걸어왔다.

"그래서, 서 있을 때와 어떻게 다르게 느껴져? 지금은 편안해?"

몸에서 느껴지는 감각, 즉, 몸이 하는 말에 귀를 기울이며 움직이는 것이 바로 소마틱스적 관점으로 몸을 대하는 방법이다. 소마틱스는 마음이 몸의 입장이 되어 몸과 평화롭게 지낼 수 있도록 도와준다. 이렇듯 마음이 몸의 말에 귀 기울이는 것은 곧 나 자신을 알아가는 과정이기도 하다.

내 몸으로 돌아오는 시간

● 몸챙김

"별로 움직인 것 같지 않았는데, 꼭 몸살이 난 것처럼 아팠어요. 그동안 내 몸에 너무 무심했었나 봐요."

D씨는 6개월 넘게 항우울제를 먹어도 무기력한 상태가 크게 나아지지 않자, 내 권유로 소마움직임 프로그램에 참여해보기로 했다. 골반에서부터 척추, 목으로 이어지는 몸 뒷면의 여러 부위를 섬세하게 움직여보면서 몸에서 전해오는 감각을 느껴보는 시간들이 이어졌다. 작고 느릿한 움직임에도 그녀는 연신 버겁다는 듯 의자 등받이에 기대고 앉아 숨을 몰아쉬곤 했다. 그녀는 모든 것이 힘겨워 보였다. 사실, 그녀는 세

자녀를 돌보며 '정신없이' 살아가고 있었다. 그녀의 몸은 이런 고단함을 대신 말해주고 있었다.

처음 나를 찾아왔을 때, 그녀는 자기 삶에 그다지 힘든 일은 없다고 말했다. 어쩌면 힘들다는 말 자체가 그녀에게는 어색한 말이었는지도 몰랐다. 평생을 스스로를 돌보지 않고 살아왔을 그녀가 자기 몸의 소리를 듣기 시작했다는 것 자체가 중요한 변화였다. 그것은 곧 자신을 돌보는 삶의 출발을 의미했다.

나 역시 하루 대부분을 다른 누군가를 돌보는 일로 보냈다. 낮에는 환자들의 마음을 돌보고, 퇴근해서 집으로 돌아와서는 아이를 돌보느라 애를 썼다. 그러느라 정작 나 자신이 중요하다는 생각은 별로 해보지 못했던 것 같다.

내 삶이 고단하고 힘들다는 말은 '삶은 그 자체가 고통'이라는 철학자나 할 법한 말처럼 추상적인 어떤 것이었다. 그런데 마음이 몸의 안부를 묻기 시작하면서부터 내 삶에도 변화가 일어났다. 그동안 침묵하며 지내던 몸이 하루에도 몇 번씩 살아내는 것의 고단함에 대해 구체적으로 목소리를 내기 시작했다. 새벽부터 잠들 때까지 차곡차곡 노동과 스트레스의 흔적이 쌓일 때마다 몸은 자주 아프다고 말했다.

"팔다리가 너무 아파." "오늘, 으슬으슬 찬 기운이 들어."

이제 삶의 고단함은 오래 앉아 일하다가 어깨 근육이나 허리에서 느껴지는 구체적인 그 무엇이었다. 삶의 고통은 추상이 아니라 몸으로 생생하게 전해져왔다. 그렇다면 아픈 어깨를 주무르고 쓰다듬듯이 나를 정성껏 돌보아야겠다는 생각이 들었다.

요가 레슨을 받기 시작하면서 일주일에 두세 번 정도는 새벽에 깨어나서 S선생님과 함께했던 움직임을 찬찬히 다시 해보았다. 오늘 새벽에도 내 몸과 하루를 시작했다.

먼저, 누운 자세에서 내 몸이 마룻바닥에 어떻게 닿아 있는지 가만히 살펴보았다. 이어 누운 채로 무릎을 들어 올려 구부린 자세를 하고 '아치 앤 컬(arch & curl)'이라고 불리는, 골반을 미세하게 바닥으로 굴려 내려놓았다가 배 쪽으로 끌어올리는 움직임을 반복했다. 골반을 움직이면 골반에서 이어진 척추가 아치 모양으로 구부러졌다가 펴지기를 반복했다.

이윽고, 내 몸의 중심부에서 일어나는 고요한 움직임은 척추 마디마디를 거쳐 머리까지 이어졌다. 내 몸이 어떻게 움직이고 있는가에 가만히 주의를 기울이다보면, 끊임없이 일어나는 기분 나쁜 잡념들이 잦아들면서 고요한 마음 상태로 접어들었다.

몸의 감각에 대해 무지했던 시절, 아침에 일어나서 잠자리에 들 때까지 종일 마음은 내 눈앞에서 일어나고 있는 일에 대해 오만 가지 판단과 맹비난을 쏟아냈다. 짧은 시간에 여러 일을 한꺼번에 해야 할 때면 마음의 이야기를 듣는 것이 유용한 순간도 있었다. 그러나 마음은 쉬어도 좋을 시간에도 끊임없이 말을 걸어왔다.

때로는 지나간 일에 내가 후회하거나 자책하도록 쓸데없이 괴롭히기도 했다. 그런데 새벽에 몸을 섬세하고 부드럽게 움직이며 내 이야기를 하기 시작하면 마음은 잠시 하던 말을 멈추고, 조용히 몸의 이야기를 듣기 시작했다. 마음도 비로소 쉬는 시간을 갖게 된 것이다. 그렇게 새벽은 온전히 나만의 감각으로, 내 몸으로 돌아오는 시간이었다.

그러나 하루에 단 한 번이라도 몸의 이야기를 듣는 시간을 갖기는 쉽지 않았다. 아들을 재우고 나면 습관적으로 소파에 드러누워 스마트폰을 뒤적이며 인터넷 쇼핑을 하곤 했다. 그렇게 마음은 끊임없이 내가 무엇이 부족하고, 무엇을 욕망하고 있는지를 고민했다. 마음이 그런 고민을 하고 있을 때, 몸은 구부정한 자세로 마음이 시키는 대로 스마트폰을 들여다보며 손가락을 바삐 움직였다. 그렇게 오랜 시간을 보내고 나면, 허리와 손목이 뻐근해지곤 했다. 쉬고 있다고 생각했으나 몸도 마음도 여전히 중노동을 하고 있었던 것이다.

"이제 쓸데없이 뭘 살지 그만 좀 고민해. 손목이 뻐근하거든. 핸드폰 좀 그만보자."

나도 모르게 긴 시간 동안 핸드폰을 붙들고 있으면, 이제 몸이 마음에게 힘들다고 말했다. 원래 잘 느끼지 못했던 여러 감각과 통증이 느껴지기도 했다. 생활하면서 몸 어딘가 아프다고 생각해본 적이 없었는데, 하루에도 몇 번씩 어깨에 뻐근한 통증이 찾아왔다. 책상에 앉아 장시간 무엇인가에 집중하며 지냈을 때, 혹은 퇴근길에 운전대 앞에 신경이 곤두선 채로 앉아 있을 때면, 어김없이 어깨가 아파왔다. 그럴 때면 몸이 마음에게 다가와서 툭툭 건드리며 말을 거는 듯했다.

"이제 좀 쉬었다 하지? 난 좀 힘든데."

어깨 통증은 오랫동안 책상 앞에 앉아서 멈춤 없이 일한 대가였다. 종일 같은 자세로 지내는 날들이 계속되자, 어느 순간 몸은 아프다는 이야기를 그만하기로 결심했는지도 몰랐다. 그동안 내가 어깨 통증을 느끼지 못한 것은 일종의 '감각운동기억상실' 상태였던 것은 아닐까. 소마틱스 분야의 선구자이자 철학자인 토마스 한나는 "살아가면서 스트레스와 크고 작은 외상이 누적되면, 몸의 어떤 부위에 (예를 들어 어깨나 허리 같은) 무의식적인 근수축이 지속된다. 이러한 상태가 지속되면 몸은 어느 순간, 어떤 움직임이 편안하고 자유로운지 알지 못하는 망각상태에 빠진다"고 경고했다.

그렇다면 내 어깨는 감각운동기억상실 상태에 빠져서 내가 힘이 들어도 힘들다는 신호를 제대로 보내지 못하고 있었던 것이다. 내 어깨는 S선생님 레슨을 받으며 그동안 망각했던 통증의 감각을 되찾았다. 그래서 하루에도 몇 번씩 통증이 느껴지면 어떻게든 대처를 할 수밖에 없었다. 책상에 앉아서 장시간 집중할 때는 나도 모르게 컴퓨터 모니터로 빨려 들어가는 것처럼 상체가 앞으로 기울어지곤 했다. 어깨가 뻐근해지면 그제야 내가 컴퓨터에 빨려 들어가는 자세로 일을 하고 있었다는 사실을 알아차리고 다시 상체를 뒤로 젖히고 의자 등받이에 기댔다. 때로는 기지개를 펴거나 잠시 일어서기도 했다. 이도 저도 안 되면 하던 것을 그냥 멈추고 쉬기도 했다.

이제, 몸이 말을 걸어오면 마음은 몸의 안부를 물어왔다. 몸과 마음이 서로의 안부를 묻는다는 것은, 마침내 내가 몸과 마음을 돌보기 시작했다는 것을 의미했다.

몸 안에 숨길 만들기

스트레스와 공황

"숨이 막히고 가슴이 두근거려서 견딜 수가 없어요."

F씨가 진료실에서 곧 숨이 멎을 사람처럼 허억 허억 소리를 내며 호흡을 하고 있었다. 팔과 다리, 턱은 덜덜 떨리고 입으로는 숨을 쉬다가도 헛구역질을 했다. 어깨가 동그랗게 말린 채 힘겹게 숨을 쉬는 그녀의 모습은 마치 겁에 질린 아이처럼 보였다.

연거푸 크게 숨을 몰아쉬던 그녀가 떨리는 손으로 가방에서 까만 비닐봉지를 꺼내 입에 갖다 대더니, 다시 숨을 몰아쉬기 시작했다. 봉지호흡은 과호흡으로 응급실에 온 환자들에게 사용하는 처치법이다. 이 방법을 알고 있는 걸 보니, 공황발작을 가라앉히기 위해 그녀가 얼마나 많은 노력을 해왔는지 알 것 같았다. 그러나 힘겨운 노력에도 그녀의 공황발작은 쉽게 멈추지 않았다.

디자인 회사에 다니던 그녀는 얼마 전 팀장으로 승진했다. 모두가 축하했지만 막상 팀장의 위치는 그리 호락호락한 자리가 아니었다. 팀에서 진행하는 프로젝트에 대한 책임과 함께 후배 팀원들도 잘 이끌어나가야 했다. 그녀는 상사들의 피드백과 팀원들의 요구가 늘 부담스러웠다. 그것들이 마치 커다란 짐이 되어 그녀의 가슴을 짓누르는 듯했다. 말 그대로 중압감에 숨을 쉴 수 없는 상태가 되었다.

공황발작은 교감신경계가 순간적으로 과잉 항진되면서 나타난다. 교감신경계는 보통 긴장을 유발하는 자극이 주어졌을 때, 그 자극에 대해 적절하게 움직여 반응하기 위해 활성화되는 자율신경 시스템이다. 공황발작이 일어났다는 것은 그만큼 많은 시간을 온몸이 긴장 상태에서 보냈다는 것을 의미한다. 따라서 공황장애 환자들은 대개 긴장을 유발할 만한 자극이 많은 상태, 즉 극심한 스트레스를 경험한 난 뒤에 공황발작을 겪게 된다.

공황발작은 삶의 무게에 짓눌리는 순간에 누구에게나 찾아올 수 있다. 그것은 공황장애를 치료하는 정신과 의사인 나에게도 예외는 없었다.

치료 프로그램 준비부터 강의, 논문까지 여러 일들의 마감이 겹쳐 새벽까지 일해야 했던 어느 날이었다. 겨우 하루 일과를 마무리하고 지칠 대로 지쳐서 지하철로 향했다. 그런데 지하철 문이 열리자, 사람들이 한꺼번에 쓰나미처럼 밀려왔다. 내 몸은 인파의 한가운데로 휩쓸려 들어가면서 균형을 잃고 이리저리 흔들리고 있었다.

혼란스럽고, 숨 막히고, 어지러웠다. 순간, 무력감이 밀려왔다. 새벽까지 일하느라, 열심히 살아내느라 애쓴 내가 작고 허망한 먼지 같은 존재 같았다. 저 수많은 사람들이 모두 다 나의 경쟁자처럼 느껴질 뿐이었다. 나는 이 끝없는 경쟁 속에서 살아남지 못할 것만 같았다. 갑자기 속이 메스껍더니 곧이어 어지럼증이 밀려왔다. 새벽까지 깨어 있느라 계속 커피를 마신 탓인지 맥박이 빨라지고, 심장이 가슴 밖으로 튀어나올 것처럼 쿵쾅거렸다. 이마에선 식은땀이 흐르고 손이 떨렸다. 얼른 이 자리를 피하고 싶었지만, 나갈 수 있는 공간이 보이지 않았다. 앞자리에 앉아 있는 사람을 일으켜 세우고 내가 주저앉고 싶은 충동까지 일어났다.

그날, 내가 퇴근길 지하철 안에서 경험한 것은 분명 공황발작이었다. 아, 이렇게 힘든 것이었구나. 진료실에서 수없이 들었던 공황과 직접 경험한 공황은 전혀 다른 차원의 세계였다. 공황발작은 몸이 자기 자신을 돌봐달라는 절박한 비명 같은 것이었다.

공황발작이 찾아오면 대개 숨이 막히는 느낌이 들기 때문에 평소보다 더 크게 호흡을 하게 되고, 이렇게 과호흡하는 것은 어지럼증, 손발의 저림 등 공황발작의 다른 증상을 더 만들어낸다. 그래서 숨을 더 크게 쉬려는 애처로운 노력이 때때로 상황을 나쁘게 만들곤 한다. 공황발작은 뭔가를 '더' 하라는 것이 아니라 '덜' 하라는 신호이다. 즉, 잘하려고 애쓰는 노력을 잠시 내려놓으라는 의미다.

그렇다면 나는 무엇을 덜어내야 할까. 직장에서 역할도 엄마와 아내로서 역할도 더 잘해야 한다는 욕심도 덜어내야 할 것 같았다. 성과에 대한 집착과 자책, 자존심도 덜어내어 몸과 마음이 짊어질 무게를 가볍게 해주고 싶었다.

또, 공황발작이 왔을 때 몸은 무엇을 할 수 있을까. 생각해 보면 심장이 뛰는 것과 숨을 쉬는 것은 내가 의지로 조절할 수 없는 '불수의적'인 몸의 움직임이다. 따라서 애쓰고 발버둥을 친다고 더 나아지지 않는다. 오히려 노력하면 할수록 심장이 더 두근거리고 긴장도 높아진다. 숨을 잘 쉬려고 애를 쓰면 '과하게' 호흡하게 되고, 이런 과호흡은 역설적으로 공황발작을 더 자극하게 만들 뿐이다.

나는 S선생님을 만나 '가슴 두근거림'과 '숨이 막힐 듯한 느낌'에 대해 이야기를 나눴다. S선생님은 내 말을 덤덤히 듣고 레슨을 시작했다.

그날 선생님과 했던 것은 의자에 앉아 골반에서부터 흉곽을 이루고 있는 척추와 갈비뼈의 배열과 미세한 움직임을 탐색하는 것이었다. 골반에서 척추로 이어지는 몸의 정렬과 흉곽의 크기를 살펴보고, 앞뒤로 돌아보거나 걸을 때 생기는 미세한 갈비뼈의 움직임도 관찰했다. 앉은 자세에서 선생님에게 몸을 맡기고, 선생님이 해주는 대로 골반부터 시작하여 척추로 이어지는 내 몸의 정렬과 배열을 미세하게 바꾸어도 보았다. 특별할 것 없이 고요한 시간이 흐르고 나니, 가슴 두근거림과 숨이 막힐 듯한 느낌이 스르륵 종적을 감춘 뒤였다.

내가 이 시간에 한 것은 무엇이었을까. 내가 한 것이라곤 심장이 마음 놓고 잘 뛸 수 있도록, 그리고 부드럽게 숨이 오고 갈 수 있도록 아주 작고 미세하게 움직이며 내 몸 안에 공간을 마련한 것뿐이었다. 골반을 부드럽게 의자 바닥에 놓이고, 척추가 그 위에 가만히 올라갔다. 계속 긴장을 늦추지 못하던 갈비뼈 속 근육이 말랑말랑해지면서 숨 쉴 수 있는 공간이 늘어나자, 몸 안의 숨길도 훨씬 부드러워진 것 같았다.

나는 선생님과 했던 움직임 작업을 공황발작으로 힘들었던 F씨와 진료실에 해보았다.

"숨을 잘 쉬려고 애쓰기보다 앉아 있는 의자 바닥에 닿아 있는 엉덩이에 주의를 가만히 기울여볼까요? 오른쪽, 왼쪽 엉덩이 중에서 어느 부위가 더 많이 닿아 있나요? 상체를 아주 미세하게 좌우로 움직여보셔도 좋아요. 이제 의자 바닥에 양쪽 엉덩이의 무게를 균등하게 실어보세요. 네, 이제 골반 위의 척추를 차곡차곡 탑을 쌓는다는 느낌으로 상체를 세워보겠습니다. 골반 위에 상체가 어느 곳에 위치하면 흉곽이 펴지면서 조금 더 숨길이 더 넓어지고 편안해질 수 있을까요?”

동그랗게 말려져 굽혀 있던 그녀의 어깨와 상체가 부드럽게 펴지더니, 호흡이 편안해지기 시작했다. 상체가 세워지며 흉곽이 펴지자, 비로소 그녀의 몸 안에 숨 쉴 공간이 조금씩 만들어지고 있는 것 같았다.

때로는 내가 할 수 있는 것이 별로 없다는 무력한 감정을 느끼곤 한다. 특히 짐작조차 하기 어려운 마음의 고통을 안고 진료실을 찾아오는 분들을 보면 이런 생각이 더 깊어진다. 어쩌면 내가 할 수 있는 역할은 그저 뭔가를 해볼 수 있도록 따뜻한 시간과 공간을 마련해주는 것, 그 정도가 아닐까. 굳이 내가 무엇을 애써 하자고 강요하지 않아도, 팔을 잡아당기며 어서 일어나라 채근하지 않아도 그분들은 자기만의 힘으로 그 공간에서 일어서서 움직이곤 했다.

비단 환자분들뿐만 아니라 나 역시도 그랬다. 내가 할 수 있는 것은 그저 내 몸 안에 심장이 뛸 수 있도록, 자유롭게 숨이 오갈 수 있도록 공간을 만들어주는 것뿐이었다. 그러면 내 몸 안의 많은 것들이 스스로의 힘으로 부드럽고 편안한 상태를 찾아갔다. 몸 안에서 숨 쉴 공간이 생기자, 마음도 그 공간에서 함께 숨 쉴 수 있었다.

내가 할 수 있는 것은 딱, 거기까지였다. 나와는 다른 상황에 놓인 사람들의 마음도, 아직은 회복될 준비가 되지 않은 환자들의 마음도 지금은 딱, 거기까지라는 것을 알게 되자, 나머지를 편안하게 내려놓고 기다릴 수 있었다. 그것만으로도 삶을 감당해갈 수 있는 힘이 생겼다.

더 잘하지 않아도 괜찮아

열등감과 몸

M선생님의 몸은 유연하고 아름다웠다. 당시 모 대학의 심리학과 교수였던 그녀와 나는 정서장애 환자들을 위한 신체 프로그램의 효능에 대해 함께 연구하고 있었다. 주로 예술심리 치료를 해왔던 그녀의 움직임은 라일락 향기가 흩날리는 부드러운 봄바람처럼 가볍고 우아해서 관능적으로 느껴지기도 했다.

나는 그녀의 몸짓을 보면서 그저 부럽기만 했다. 그런데 부러운 점은 또 있었다. 그녀는 일을 빨리, 게다가 아주 많이 한다는 사실이었다. 두 아이의 엄마이면서도 어떻게 속기사처럼 논문을 빨리 쓸 수 있는지 놀라울 따름이었다.

그런데 그녀를 부러워하면 할수록 나도 모르게 그녀와 나를 이모저모 비교하게 되었다. 그녀는 나의 소중한 동료였지만 내 마음속에서는 어느 순간부터 그녀와 달리기 경주를 하고 있었다. 나는 그녀보다 더 빨리, 더 많이 나아가야 했다.

M선생님과 함께 S선생님이 진행하는 요가 레슨에 함께 참여했던 어느 날이었다. 무릎을 꿇은 자세에서 상체를 세운 채, 몸통을 뒤틀어 한쪽 어깨 너머로 뒤를 돌아보는 움직임을 하고 있을 때였다. 몸통을 돌려 뒤를 보려고 했을 때, 내 몸 뒤의 공간이 어느 정도 보이는지, 또 보이는 정도에 좌우 차이가 있는지 알아보자는 안내를 듣고 움직임을 시작하려는데, 옆에서 같은 움직임을 하고 있는 M선생님이 내 눈에 들어왔다. 그러자 갑자기 마음이 몸에게 말을 건넸다.

"뻣뻣한 몸아, 빨리 M선생님보다 몸을 더 돌려보란 말이야. 그래도 M선생님보다 4센티미터는 더 몸을 돌려야 좀 잘했다는 이야기를 듣지 않겠어? 이 못난 몸아, 언제까지 그렇게 남들보다 못 움직여서 어떻게 할래? 어서 M선생님을 이겨보란 말이야."

고요히 몸의 이야기를 들어야 하는 시간을 마음이 순식간에 달리기 경주로 바꾸어놓았다. 몸을 살피지 않고 마음은 채찍을 휘두르며 몸에게 어서 더 해보라고 소리 질렀다. 참다못한 몸이 '으아악' 비명을 질렀다. 그렇게 움직이고 나니 무릎이 시큰거리고 허리가 결렸다. 온몸이 찢겨져나가는 것처럼 아팠다. 몸이 그만하겠다고 난리를 치고 있었다.

"아, 이 움직임 너무 불편하고 힘든데요."

나는 그만 주저앉으며 말했다.

"선생님, 왜 그렇게까지 하신 거예요? 힘들면 안 하시거나 조금만 해도 되는데요. 이렇게까지 애써서 움직이지 않아도 된다는 거, 할 수 있는 만큼만 해도 된다는 거 이제는 잘 아실 텐데요"

"…저는 꼭 M선생님보다 4센티미터는 더 움직이고 싶었단 말이에요."

"아니, 선생님, 왜요?"

S선생님이 어처구니없다는 듯 웃으며 말했다. S선생님이 웃으니 옆에 있는 M선생님도 따라서 슬며시 미소를 지었다.

사실 4센티미터만큼 더 몸을 뒤틀어 뒤를 본다는 것은 내 몸을 부드럽고 편안하게 쓰는 것과는 아무 상관이 없었다. 내 몸의 입장에선 작고 미세하게 움직이더라도 가능한 한 근육이 긴장하거나 다치지 않는 범위 내에서 뒤에 있는 뭔가를 바라볼 수 있는지, 그것이 더 중요했다.

돌이켜보면 내 몸은 늘 할 수 없는 것과 잘하지 못하는 것에 대한 기억들로 가득 차 있었다. 열등감의 기억들은 몸으로 하는 모든 행위에서 즐거움을 빼앗아갔다. 남보다 4센티미터를 더 몸을 뒤틀어 보듯 나는 뭔가를 끊임없이 남들과 비교해서 더 잘해보려고 애쓰면서 살았다. 시험 점수를 더 받아야 했고, 논문을 더 많이 썼어야 했고, 그것도 모자라 더 예뻐 보이기 위해 덜 먹고, 더 운동하려고 했다. 남들보다 부족하다는 열등감은 나를 성과에 집착하게 만들었고, 그것이 나를 긴장하고 지치게 만들었다.

"대체 M선생님보다 4센티미터를 더 움직이는 게 무슨 의미야?

그렇게 지내다간 나도 망가지고, M선생님과도 멀어지게 될 걸?"

몸이 마음에게 되묻더니 조용히 충고했다. 몸을 어떻게 움직여야 할 것인가에 대한 질문이 이제는 내 동료를 어떻게 대해야 할 것인가, 그리고 궁극적으로 내 삶을 어떻게 살아야 할 것인가에 대한 질문으로 이어졌다.

중요한 것은 남들보다 더 몸을 뒤틀어 뒤를 보는 것이 아니라 내 뼈와 근육을 유기적으로 움직여서 부드럽고 편안하게 몸을 움직여가는 방법을 배우는 것이다. 어떤 일의 결과보다는 내가 그 결과를 향해 나아가는 과정에서 깨어 있는가를 돌아볼 일이다. 지금 움직이는 방식으로 뒤를 보는 것이 너무 힘들고 어렵다면, 잠시 멈추고 숨을 고른 뒤에 다른 방식으로 뒤를 볼 수 있다. 삶 또한 그러한 것이다.

열등감을 내려놓자, 몸이 스르륵 부드럽게 움직이기 시작했다. 몸통과 어깨, 그리고 목과 머리가 이제 서로의 속도를 조율해가며 함께 움직이고 있었다. M선생님과 나도 손발을 맞추어가며 부드럽게 움직여야 하는 동료였다. 앞으로도 우리는 함께 해야 할 일들이 많았다.

아무것도 하지 않기의 충만함

● 몸의 이완

"대체 종일 뭐하고 지내다가 이것도 못 했니?"

연구실 책상에 앉아 멍하니 컴퓨터 화면을 응시하고 있다가 화들짝 놀랐다. 저 멀리서 다른 동료가 전화기를 붙잡고 후배 레지던트를 야단치고 있었다. 그 소리를 들으며 내가 혼나는 듯 뜨끔했다. 한 시간째 논문을 붙들고 있었는데 한 단락도 쓰지 못하고 있었다. 그 사이에 집에서 아들이 감기에 걸렸는지 열이 난다는 연락을 받았다. 해열제를 먹여보라고 말한 뒤, 다시 모니터를 보는데 도저히 집중이 되지 않았다.

올해는 일에서 가시적인 성과가 있어야 할 것 같았다. 그런데 오늘도 애를 썼지만 '아무것도' 해내지 못한 하루를 보내고 있었다. 마음이 조급해졌다. 의자에 다시 엉덩이를 붙이고, 모니터에 머리를 파묻을 듯이 뚫어져라 쳐다보았다. 정신이 아득해지면서 더 이상 아무것도 떠오르지 않을 것 같았다. 무거운 눈꺼풀을 비볐다. 그래도 여기서 그만두고 쉴 수는 없었다.

나는 외발 자전거의 페달을 밟고 사는 사람 같았다. 페달을 멈추면 넘어질 것처럼 아슬아슬한 사람, 넘어지고 난 다음에 다시 일어서서 페달을 밟더라도 남들보다 저만치 뒤처져서 도저히 따라잡을 수 없는 곳에 홀로 서 있는 사람, 그 아득한 느낌이 좀처럼 떠나지 않았다. 내 삶에 편안히 멈춰서 쉴 만한 곳은 그 어디에도 없는 것 같았다.

퇴근 후에 무거운 걸음으로 요가 센터로 향했다. 억지로 발걸음을 옮기면서도 요가가 아니라 일을 더 해야 하는 것 아닌가 조바심이 들었다.

레슨이 시작되고 선생님의 안내에 따라 '사바사나'를 시작했다. S선생님과의 레슨은 늘 요가에서 사바사나라고 부르는 자세에서 시작해서 사바사나 자세로 끝났다. 사바사나는 이

른바 '송장 자세'라고도 하는데, 그냥 가만히 누워 있는 자세이다. 사바사나는 '죽음', 혹은 '멈춤'을 의미한다. 그렇게 멈추는 시간이 지나야 비로소 새로 움직일 수 있는 에너지를 얻곤 했다.

처음 요가를 시작했을 때부터 나는 요가 센터 마룻바닥에 누워서 온몸으로 느껴보는 사바사나의 감각을 무척이나 좋아했다. 힘든 하루를 보내고 난 후, 사바사나는 내 몸과 마음이 함께 누워 아무것도 하지 않고, 조용히 서로의 안부를 묻는 시간이었다. 그런데 어느 날부터 사바사나가 편안하지 않았다. 그날도 그랬다. 레슨이 시작되고 누워서 천장을 바라보고 있는데, 천장이 빙글빙글 도는 것처럼 어지럽고 메스꺼워졌다. 누워 있는 꼬리뼈가 바닥에 날카롭게 닿으며 허리도 아파왔다. 그대로 누워 있기 힘들어서 당장 일어나 의자에 앉거나 어딘가로 급히 달려 나가야 할 것 같았다.

레슨이 끝나갈 무렵에도 불편한 느낌은 조금도 줄어들지 않았다. 보통은 축 늘어져 이완된 느낌을 좀 더 즐기고 싶을 때가 많았는데, 그날은 얼른 일어나 다른 뭔가를 해야 할 것 같았다. 왜 그랬을까. 당시, 나는 피곤한 하루하루를 버티듯 살고 있었다. 요가 레슨을 받으러 가던 날도 손가락 하나 꼼짝하고 싶지 않은 상태였지만, 꾸역꾸역 무거운 몸을 이끌고 움직이는 동작을 계속했다. 그때 마음이 몸에게 물었다.

"지금, 뭐가 느껴지니?"

"그냥 무겁고, 피곤해. 아무것도 느껴지지도 않고, 별로 느끼고 싶지도 않네."

마음의 물음에 몸은 그저 피곤하다고만 했다. 누워서 몸을 느끼는 것은 점점 더 괴로워졌다. 계속 이렇게 해도 되는 것일까 의문이 들었다.

"선생님, 이상하게 누우면 자꾸 어지럽고, 허리가 아프네요. 예전에는 누우면 그렇게 편안할 수가 없었는데, 왜 이럴까요?"

S선생님은 내 이야기를 가만히 듣더니, 담요를 접어 내 허리에 받쳐주었다. 머리에도 접은 담요를 베개처럼 받쳐주었

다. 그러자 한결 편안해졌다. 그 상태로 선생님이 들려주는 싱잉볼 소리를 가만히 듣고 있었다.

"오늘 레슨은 '아무것도 안 하기'를 해봅시다. 그냥 누운 채로 소리에 주의를 기울여보세요."

허리가 아픈 것이 한결 나아지고 어지럼이 덜해졌다. 내 몸과 마음은 그저 싱잉볼 소리를 듣고 있었다. 불편한 것들이 사라지자, 마치 세상에 존재하는 것은 싱잉볼이 내는 소리 하나만 있는 것처럼 고요해졌다.

"아무것도 하지 않으면 아무 일도 일어나지 않지요. 그것을 느껴봅시다."

갑자기 냉기로 차가웠던 얼굴에 눈물이 주르륵 흘러내렸다. 나는 눈물을 닦지 않고 싱잉볼이 내는 소리를 그저 듣고만 있었다. 이제 세상에는 싱잉볼 소리와 나, 몸과 마음이 있을 뿐이었다. 잠자코 누워 있던 몸이 마음에게 말했다.

"아무것도 하지 않으면 아무 일도 일어나지 않아. 그래도 괜찮아."

소마틱스 분야의 대표적인 기법 중 하나인 알렉산더 테크닉은 몸을 잘 사용하기 위해서는 불필요한 긴장에서 비롯되는 움직임을 멈추어야 한다고 말한다. 이를 'Non-doing'이라고 한다. 나는 무엇을 위해 움직이는 걸까?

많은 순간, 나는 무엇을 향해 가는지도 모르면서 늘 뭔가를 하기에 바빴다. 내가 하고 있는 것들의 의미와 가치를 잊고 'Doing'에만 매달며 지냈던 것 같다. 목적 없이 방황하는 수많은 애씀과 'Doing'이 나를 얼마나 지치게 하고 있었는지 그동안 모르며 살았던 것이다.

그날은 아무것도 하지 않으니, 아무 일도 일어나지 않았다.

그래도, 충분히, 괜찮았다.

Chapter 2

몸에 귀 기울일수록 마음이 선명하게 보였다

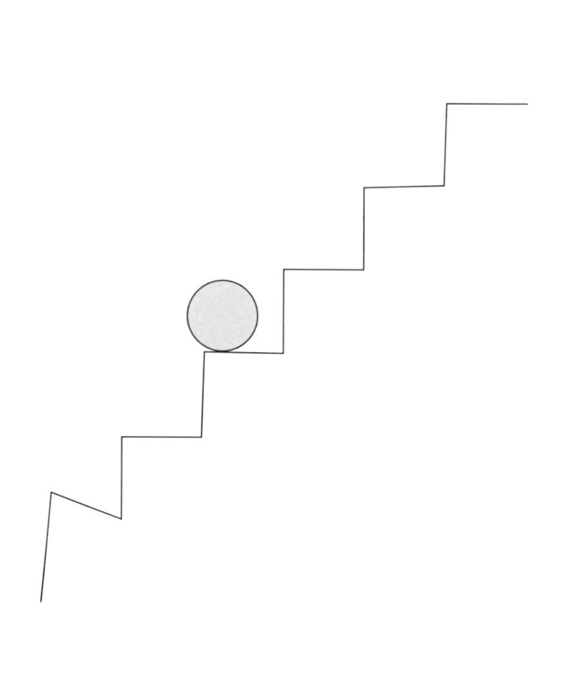

Body & Mind

무력감을 건너는 법

반추와 걷기

“그냥 집에만 있었어요. 내가 아무것도 할 수 없겠다는 생각이 멈추지 않아요.”

G씨는 몇 년째 세상 밖으로 나아가지 못했다. 대학을 졸업한 후, 얼마 동안은 취직을 준비했다. 시간을 쪼개어 아르바이트를 하고, 틈틈이 자격증을 준비해서 스펙을 쌓았지만, 그녀를 원하는 회사를 찾지 못했다. 그녀는 자신이 무의미한 존재처럼 느껴지면서 점점 무력해졌다. 수없이 자기소개서를 썼지만 정작 그녀 자신이 누구인지 알 수가 없었다.

진료실 의자에 앉은 그녀의 몸은 땀을 잔뜩 머금은 채 무겁게 널려 있는 수건처럼 축축 늘어져 있었다. 아무것도 하지 않았다고 했지만, 그녀는 종일 자신을 괴롭히는 생각과 사투를 벌이느라 지쳐버린 듯했다. 마음은 끊임없이 그녀를 깎아내리고, 비난하고, 비웃었다. 그녀의 머릿속은 자신을 부정하는 생각들로 가득 차 있었다. 그녀도 생각을 멈추고 싶었지만 멈추려고 애쓸수록 생각은 더 강렬하게 그녀를 붙잡고 있었다. 생각은 만만한 존재가 아니었다. 이제 어두운 생각은 그녀의 일상을 엄청난 무게로 짓누르고 있었다.

자신이 스스로 너무 형편없다고 느껴질 때가 있다. 이런 어두운 생각의 숲에 갇혀서 길을 잃고 방황할 때, 빠져나오려고 발버둥 쳐보지만 그럴수록 미궁 한가운데서 돌고 있는 것만 같다.

내게도 그런 날이 난데없이 찾아오곤 했다. 일 년여 가까이 준비해서 투고했던 논문이 처참한 리뷰와 함께 세상의 빛을 보지 못한 채 되돌아왔을 때, 연구비를 지원받기 위해 한 달 내내 밤을 불태웠지만, 결국 탈락했다는 소식을 들었을 때, 오랜 치료에도 환자가 느끼는 마음의 고통에 큰 변화가 없다는 것을 느낄 때, 그런 일들이 한꺼번에 일어난 날에는 스스로가 보잘것없다는 생각에 내 자신이 못 견디게 싫어지곤 했다. 그런 날이 찾아오면 자괴감과 자기혐오가 나를 꼼짝도 못하게 만들었다. 아무리 멈추어보려고 해도 부정적인 생각을 곱씹고, 또 곱씹었다.

머릿속에 부정적인 생각이 끊임없이 재생되는 상태를 '반추'라고 한다. 반추상태에 빠지면 우리 뇌는 고장 난 라디오처럼 다른 음악을 연주할 수가 없다. 특히 우울한 음악만이 반복 재생되는 상태에서는 꼼짝없이 아무것도 시작할 수 없다. 그래서 반추가 반복되면 무엇도 행동으로 옮길 수 없어 무력하고 우울해진다.

유난히 우울했던 어느 날이었다. 일을 하려고 컴퓨터 앞에 앉았지만, 마음은 마비된 것처럼 꼼짝달싹하지 못했다. 누군가 다가와서 이런 날도 있는 거라고, 네 탓이 아니라고 아무리 위로를 해도 마음은 웅크린 채 흐느끼기만 했다. 그때 슬쩍 몸이 말을 걸어왔다.

"마음, 그냥 나와 함께 시간을 보내볼까?"

도저히 일이 손에 잡히지 않았던 마음은 몸과 함께 움직이기로 했다. 일단 어디든 길을 나섰다. 어두운 생각의 숲이 다시 펼쳐졌다. 막막하고 아득한 느낌이 밀려왔다.

그때, 오른발과 왼발이 번갈아가며 땅바닥에 굴러가듯 부드럽게 닿았다. 발의 움직임은 다시 종아리의 움직임으로, 허벅지와 골반의 움직임으로 이어졌다.

무릎은 부드럽게 굽혀졌다, 펴지기를 반복했다. 내 몸 안의 많은 것들이 고요하면서도 유기적으로 움직이고 있었다. 이어서 팔이 다리의 움직임과 번갈아가며 여름날 밤바람처럼 부드럽게 흔들리고 있었다.

팔의 움직임은 다시 어깨로 이어졌다. 숨을 쉴 때마다 견갑골이 움직였고, 이어서 갈비뼈가 작지만 분명하게 움직이는 것을 느낄 수 있었다. 이제 내 머릿속은 우울한 음악이 아니라, 리드미컬한 걷기로 가득 채워지고 있었다.

생각의 숲속을 헤매던 마음은 이제 몸과 함께 걷고 있었다. 어두운 숲속에서 잠시 하늘을 올려다보니, 그제야 반짝이는 별들을 볼 수 있었다. 어둠 속에서 별들은 유난히 환하게 빛나고 있었다.

이제는 부족한 나도 그럭저럭 괜찮다고 생각한다. 나는 몸과 함께 별을 바라볼 수 있고, 또 별을 바라보며 걸어갈 수 있다. 빛나는 별을 바라보며 내가 원하는 것과 그것을 향해 걸어 나갈 수 있는 힘이 여전히 내 안에 존재한다는 사실을 깨달았다.

살다보면 힘든 날은 다시 찾아올 것이다. 그럴 때는 몸과 함께 지내보려고 한다. 마음이 어두운 숲속을 헤매고 있을 때, 몸은 가만히 다가와 함께 걷자고 말한다. 몸을 따라 한 걸음, 한 걸음 정성껏 걷다보면, 나를 괴롭히던 감정과 생각들에서 조금씩 멀어질 것이다. 이런 걷기의 시간은 내 안의 반추와 거리를 둘 수 있는 좋은 방법들 중 하나이다.

며칠 뒤, G씨를 진료실에서 다시 만났다. 그녀는 쉽지는 않지만, 매일 짧게라도 산책을 시작하고 있다고 말했다. 언젠가 그녀도 무력감을 건너서 자기만의 별을 볼 수 있을 것이다.

혼자 애써온 나의 몸에게

● 자기돌봄

"저도 이제 그만 폐차해야 할 것 같네요."

H씨가 진료실 의자에 털썩 주저앉으며 말했다. 그녀의 일그러진 얼굴에 무겁고 착잡한 냉소와 피로, 그리고 불안이 복잡하게 뒤엉켜 있었다. 그녀는 작은 스타트업 회사의 대표로 지난 몇 년을 불꽃 같은 시간을 보냈다. 마치 브레이크 없이 질주하는 차와 같았다. 하루에 3시간 이상을 자본 적도, 제대로 된 점심을 먹어본 적도 없었다. 늘 커피와 에너지드링크를 달고 살았고, 주말에도 평일처럼 일을 해야 했다. 각고의 노력 끝에 이제 회사가 자리를 잡아 확장을 준비하던 중에 그녀

는 교통사고를 당했다. 밤을 꼬박 새고 출근하던 길에 깜빡 졸아 사고가 난 것이었다.

큰 사고는 아니었지만 목과 허리에 견디기 어려운 통증이 찾아왔다. 30분 이상을 책상에 앉아 있을 수가 없었다. 그녀는 이 상황을 받아들일 수가 없었다. 얼른 나아서 회사로 복귀하고 싶었지만 몸이 말을 듣지 않았다. 그녀는 초조하고 불안해서 매일 밤 잠들기 어려웠다. 사고가 나기 전까지 몇 년간 제대로 쉬어본 적이 없었다. 이런 그녀에게 몸이 대신 힘들다고 말하고 있었다. 사실 목과 허리의 통증은 이제 그만 쉬고 싶다는 몸의 아우성이었다. 그녀는 이런 몸의 비명을 외면했고, 결국 사고가 나서야 멈출 수밖에 없었다.

그녀의 이야기를 들으며 내 어깨와 허리까지 욱신욱신하는 것이 느껴졌다. 진료실에 앉아 환자들의 이야기에 집중하여 듣다보면 늘 어깨와 허리가 아파왔다. 진료실에 오래 앉아 있는 일이 힘들다고 생각해본 적이 없었는데, 어쩌면 나도 몸이 투덜거리는 것을 듣지 않고 있었는지도 몰랐다.

어느 날 오후, 외래 진료를 끝내고 요가 센터로 향했다. 몸은 무겁고 어깨와 허리가 부서질 듯이 아팠다. 손목도 저릿하고 욱신거렸다. 진료가 끝나고 나면 몸은 늘 힘들었다.

S선생님의 안내에 따라 가만히 누워서 내 몸이 바닥에 어떻게 닿아 있는지 알아보고 있었다. 그런데 오른쪽 골반이 왼쪽 골반보다 미세하게 더 바닥에 닿아 있는 듯한 느낌이 들었다. 이 느낌은 의자에 앉아 있을 때도 마찬가지였다.

곧이어 의자에 앉은 채로 왼쪽 어깨 너머 뒤를 보았다. 조금씩 움직이자 오른쪽 골반으로 가만히 무게가 실리면서 머리와 몸통이 왼쪽으로 돌아갔다. 그런데 오른쪽 어깨 너머 뒤를 보려고 하자, 왼쪽과는 다른 일이 일어나고 있는 듯했다. 머리와 몸통이 오른쪽으로 돌아갔지만, 골반의 무게는 왼쪽에 더 실리지 않고 그대로 있었다. 오른쪽으로 돌렸을 때와 왼쪽으로 돌렸을 때 보이는 범위도 달랐다. 언뜻 왼쪽 어깨 너머를 볼 때 보이는 범위가 더 넓어 보이는 듯했지만, 어느 시점에서는 어깨와 뒷목, 허리가 아파왔다. 오른쪽 어깨 너머를 볼 때는 왼쪽만큼 더 넓게 볼 수 없었지만, 왼쪽에 비해 움직임이 한결 부드러웠다.

순간, 호기심이 생긴 마음이 몸에게 물었다.

"몸, 어떻게 느껴져? 오늘 너에게 무슨 일이 있었던 거야?"

그날은 별다른 것이 없었다. 금요일 오후는 늘 환자가 많은 날이었다. 오후 내내 진료실에 앉아 있었던 것 이외에 특별할 것이 없었다. 어깨와 뒷목, 허리가 아팠던 것은 아마도 신경이 곤두선 채로 앉아서 진료를 했기 때문인지도 몰랐다. 그때 몸이 뭔가를 떠올렸다.

"환자분들이 항상 왼쪽 옆에 앉아 있잖아. 눈을 마주하고 이야기 하려면 계속 왼쪽으로 머리와 허리를 돌려야 하지. 그렇다면 반나절을 그러고 지낸 거네."

나는 좁은 진료실 안에서 거의 4시간 동안 왼쪽으로 몸을 돌려 환자들과 눈을 맞추어 이야기를 하고, 다시 몸을 돌려 차트를 보고 기록하는 일을 반복했다. 한 명의 환자를 진료할 때마다 얼마나 자주 몸을 왼쪽으로 돌리는 움직임을 반복했을까. 하루에는 또 몇 번을 왼쪽 어깨 너머로 몸을 돌렸을까. 그렇게 하루하루가 쌓여 한 달이 되면 내 몸은 얼마나 많이 왼쪽으로 치우쳐져 있게 될까.

그동안 나는 진료를 보는 대부분의 시간을 오른쪽 골반에 무게를 싣고, 그것을 축으로 삼아 왼쪽으로 몸을 돌리는 움직임을 반복해왔다. 그런 편향된 움직임 때문에 오른쪽 골반이 바닥에 더 닿아 있게 되었는지도 몰랐다. 진료는 끝났어도 몸은 진료를 보던 자세와 움직임으로 그대로 굳어져 있었다. 이런 생각에 미치자 마음이 슬쩍 몸에게 말했다.

"나만 일한다고 생각했는데, 몸 너도 고생이 많았구나."

이제 누운 채로 가만히 손목이 놓여 있는 상태를 관찰했다. 왼손은 손바닥이 천장을 바라보고 있었지만, 오른쪽 손바닥은 아래로 향하고 있었다. 가만히 생각해보니, 마우스를 쥐고 있었던 모양으로 오른손이 그대로 굳어져 박제된 듯했다. 왜 손목이 아팠는지 이제 알 것 같았다.

단 한 번도 진료를 보는 일이 몸을 혹사시키는 일이라 생각해보지 못했다. 그런데, 마음만으로 하는 줄 알았던 정신과 진료가 몸으로 하는 노동이라는 생각이 들었다. 몸은 진료실에 새로운 환자가 들어올 때마다 몸통을 틀고 허리를 굽혀 눈을 맞추고, 환자의 마음과 내 마음이 마주볼 수 있도록 도왔다. 몸이 느끼는 것들을 들어보니, 비로소 온종일 애썼던 나 자신에 대한 연민이 밀려왔다. 내 몸에게도 너무 미안했다.

갑자기 마흔이 넘어 허리가 아파 고생을 했다던 여러 선배들이 떠올랐다. 대부분은 워커홀릭이라 불릴 정도로 책상에 오랫동안 앉아 밤늦도록 일을 하거나, 온종일 수십 명의 환자들을 진료하며 지내던 분들이었다. 이렇게 균형을 잃고 지낸다면 내게도 똑같은 일이 벌어질 것 같았다. 몸이 아프면 당연히 좋은 진료를 하기도 어려울 것이다. 어떻게 해야 할까.

우선, 오른쪽에 커피와 물을 갖다놓았다. 한 분의 진료가 끝나고 다음 환자를 진료하는 사이에는 오른쪽으로 몸을 돌려 물을 마시도록 하기 위해서였다. 고민 끝에 진료실의 책상 배치도 바꿔서 왼쪽으로 몸을 많이 틀지 않아도 거의 정면에서 환자들을 보며 말할 수 있도록 했다. 기다리는 환자들에게는 죄송하지만 한두 시간에 한 번씩은 일어나 화장실을 다녀오거나 잠시 스트레칭을 하기도 했다.

누군가를 잘 돌보기 위해서는 우선 나를 잘 돌보아야 한다.

또, 오랫동안 건강하게 일하기 위해서는 '잠시 멈춤'도 필요하다. 몸을 돌보지 않으면 언젠가 회복이 불가능한 나를 만나게 될지도 모른다.

내 몸을 어떻게 잘 돌보아야 할까. 어쩌면 별스럽지 않고 사소하지만 작은 것부터 챙기는 것일지 모른다. 지금 이 순간, 따뜻한 오후 햇살을 받으며 잠시 걷는 일처럼 말이다.

몸짓이 그 사람이다

감정과 움직임

“다케다 선생님의 몸짓에는 부드러움이 깃들어 있다.”

영화 〈일일시호일〉은 다도를 배우는 소녀의 성장 이야기이다. 다기를 왜 그렇게 놓아야 하는지, 왜 그런 자세와 순서로 움직여야 하는지 도무지 이해할 수 없었지만, 일단 하다보면 그 의미를 이해할 수 있게 된다고 다케다 선생님은 말한다. 영화를 다 보고 나면, 다도가 누군가를 정성껏 대접하는 몸짓을 배우는 일이라는 것을 이해하게 된다. 그리고 몸짓을 배우는 것은 곧 마음을 가다듬는 것으로 이어진다. 몸짓이 부드러운 다케다 선생님은 늘 누군가를 따뜻하고 부드러운 마음으로 위로한다.

말보다는 몸짓이 그 사람의 마음에 대해 많은 것을 말해줄 때가 있다. 사람들과 마주할 때에는 늘 친절한 미소를 지어 보이지만, 누군가가 보지 않을 때에는 책상 위에 머그컵이나 책 같은 소지품을 신경질적으로 탁탁 내려놓는 손매가 거친 사람들을 만나기도 한다. 그런 사람들은 대개 친절한 얼굴 뒤에 분노를 숨겨두고 있는 경우가 많았다.

가끔은 구두 굽 소리에도 그 사람의 성격이 어떠한가 생각해보곤 한다. 환자들을 만나러 병실을 돌아다니다보면 다른 과의 여러 선생님들을 만나게 되는데, 또각또각 신발 굽 소리가 저 멀리서도 들리는 분이 있는가 하면, 쉬고 있는 환자들에게 방해가 될까봐 살금살금 조용히 첫 눈을 밟듯 조심스럽게 걸어오시는 분도 있다. 또각또각 걸어오시는 선생님들은 대개 진료실에서도 환자에게 이야기할 틈을 주지 않은 채 환자가 진료실을 나설 때까지 자기 할 말만 하는 경우가 많다. 어쩌면 스스로는 유능한 의사라 느낄 수도 있겠지만, 환자들 입장에서는 그렇게 교만해보일 수가 없다. 반면에 조심스레 병실을 걸어 다니시는 분들은 사려 깊은 태도로 환자들이 불편한 것에 세심하게 귀 기울여주신다는 이야기를 듣곤 한다.

전공의 시절에 '교육 분석'이라는 것을 잠시 받았던 적이 있다. 교육 분석은 정신건강전문가가 되기를 원하는 수련의나 수련생들이 경험이 많은 전문가에게 자신의 문제에 대해 상담과 분석을 받는 일이다. 당시 나는 거의 1년여를 일주일에 한 번씩 정신분석을 전공한 개원의 선생님에게 내 문제를 이야기하러 갔다. 사실 무슨 이야기를 했었는지, 그 선생님이 나에게 무슨 이야기를 해주었는지는 거의 기억이 나지 않는다. 대체로 나는 긴장된 상태였던 듯하다. 누군가에게 마음을 열고 이야기하는 것은 생각보다 쉬운 일이 아니었다. 권위를 가진 사람에게 내가 얼마나 훌륭한 사람인지 검증을 받는 것처럼 내 이야기를 했고, 선생님은 대부분 잠자코 듣기만 했다.

그러던 어느 날, 내가 선생님의 진료실에 들어와서 자리에 막 앉았을 때였다. 문을 등 뒤로 하고 의자에 급히 앉느라 나는 문이 열려 있다는 사실을 모르고 있었다. 내 뒤편의 진료실 문이 열려 있다는 것을 발견한 선생님은 가만히 자리에서 일어서서 주위를 둘러보시더니, 잠시 나를 바라보며 미소를 지었다. 그리고 상담의 시작을 방해하지 않으려는 듯 옆으로 조심조심 걸어가시더니 진료실 문을 슬며시 닫고 들어오셨다.

돌이켜보면 선생님의 그 행동에는 다른 여러 옵션이 있었다. 진료실 문은 선생님보다는 내가 앉은 자리가 훨씬 가까우니 (선생님은 그 자리에 앉은 채로) 나에게 문을 닫고 오라고 말할 수도 있었다. 혹은 자리에 일어나서 (나를 쳐다보지 않고) 문을 향해 성큼성큼 걸어가 탁, 하고 닫고 올 수도 있었다. 어느 옵션이었던 간에 나는 문을 제대로 닫고 들어오지 못한 내 행동에 대해 잠시 무안해했을 것이다.

그날의 일은 아직도 내 머릿속에 남아 진료실에서도 미처 문을 닫고 들어오지 않는 환자들을 만날 때마다 떠오르곤 한다. 그날, 그 장면 속 선생님의 움직임은 나에게 '보호받고 있다는 느낌'으로 각인되었다. 내가 어떠한 이야기를 해도 안전하게 보호받을 수 있다는 느낌은 이 선생님에게는 내 속마음을 말해도 괜찮을 것 같다는 생각이 들게 만들었다.

이전에 근무하던 병원에서 몇 년째 우수 친절직원으로 선정된 주차 안내요원이 있었다. 그분은 병원 내에 있는 작은 횡단보도에 서서 수신호로 차를 세우고 사람들이 길을 안전하게 건너도록 도와주는 일을 하셨다. 의료진이 아닌 그분이 매번 친절직원으로 뽑히는 이유가 항상 궁금했었다. 그러던 어느 날, 그분의 친절이 나에게도 생생하게 전해졌다. 내가 만삭인 채로 조심스레 길을 건너고 있는데, 그분이 뜨거운 햇볕 아래 안내를 하고 있었다.

"선생님, 조심히 건너세요. 넘어지시면 안 됩니다."

내 걸음에 보조를 맞추어 그분은 횡단보도 이편에서 저편으로 나와 함께 '경쾌하게' 걸어가며 안내를 해주시는 것이 아닌가. 횡단보도를 건넌 뒤 돌아와서 그분이 안내하는 몸짓을 유심히 살펴보았다. 휠체어를 타신 분, 목발이나 지팡이를 짚으신 분 등 거동이 어려운 분들이 나타나면 어김없이 횡단보도 이편에서 저편으로 보행자들의 속도에 보조를 맞추어 걸으며 안내하고 있었다. 경쾌하게 걷다가 보행자들이 무사히 건너는 것을 확인하면 횡단보도 가운데로 다시 와서 차를 안내했다. 하루에도 여러 번을 횡단보도 이쪽저쪽을 오가는 그분의 움직임이 그렇게 우아해 보일 수가 없었다. 아마도 그분의 친절함은 저 경쾌한 '몸짓'에서 나왔을 것이다.

문득, 어린 시절 다도를 좋아하셨던 아버지의 몸짓이 떠오른다. 아버지가 화났을 때 식탁에서 수저를 탁탁 놓았던 소리, 밥그릇을 탕 놓았던 소리를 기억한다. 어머니와 싸우신 날, 식탁에서 아버지의 손이 만들어내던 소리는 순간순간 어린 내 마음을 얼어붙게 만들곤 했다. 그렇게 냉랭하게 분위기가 얼어붙은 날에도 우리 가족은 저녁이면 다 같이 모여 말없이 차를 마셨다. 다도를 배우신 아버지의 손길은 그 순간만큼은 잠시 고요하고 부드러웠다. 봄날, 찻잔에 은은한 향을 풍기는 매화꽃이 얹힌 걸 보면서 아버지의 속상한 마음은 스르륵 녹았던 걸까.

찻잔에 찻물이 떨어지는 소리, 떨어지면서 그려내는 물그림자의 모양, 그리고 코끝을 감싸던 차향의 감각이 나를 평온하게 감싸준다. 나도 다도를 배워보고 싶다. 화가 나거나 마음이 심란할 때, 그 흩어진 감정을 차를 따르는 몸짓 속에서 맑게 정돈해보고 싶다.

누군가의 몸이 내게 온다는 것

접촉과 온기

I씨는 오랫동안 우울증과 거식증를 앓아왔다. 그녀의 어머니 역시 오랫동안 낫지 않는 우울증으로 고통스러운 젊은 시절을 보냈다. 모녀는 각자의 고통만으로도 힘든 시간을 보내며 살아왔던 탓에 서로의 고통은 돌봐줄 겨를이 없었다.

오랜 시간이 흐르면서 다행히 어머니는 회복되었지만, I씨는 점점 더 증세가 악화되어갔다. 어머니는 딸의 치료를 위해 왕복 4시간 거리의 대학병원을 오가야 했다. 그런 어머니와 I씨를 보면서 모녀가 함께 참여하는 소마움직임 프로그램을 제안했다. 다행히 모녀는 기꺼이 그러겠다고 했다.

"와, 엄마가 숨 쉬고 있다는 느낌이 이런 거네요."

어머니의 등 뒤 견갑골이 있는 부위에 손을 가만히 갖다 대더니 I씨가 말했다. 그녀는 어머니가 숨을 들이쉬고 내쉴 때마다 날개뼈가 어떻게 움직이고 있는지를 가만히 느껴보고 있었다.

고요히 숨을 들이쉬고 내쉬는 누군가의 등에 양손을 가만히 접촉하고 있으면, 양쪽 날개뼈의 간격이 미세하게 벌어졌다 줄어들기를 반복하는 것이 느껴진다. 등에 접촉한 손바닥의 느낌에 온 마음을 담아 주의를 기울여야 슬며시 느껴지는 아주 작고 미세한 감각이다. 바로 그 감각을 느끼는 순간만큼은 살아 있다는 생생한 느낌을 타인과 공유할 수 있고, 또 그것이 서로에 대한 연민으로 이어지기도 한다. 그렇게 딸과 어머니는 각자의 고통에서 한 걸음 더 나아가 서로의 회복을 위해 접촉하고 연결되었다. 이 모녀를 이어준 것은 서로의 몸이 접촉하면서 건넨 '몸의 온기'였다.

M선생님과 함께 S선생님의 레슨을 받는 어느 날이었다. S

선생님의 안내에 따라 요가에서 '소고양이 자세'라고 부르는 움직임을 하고 있었다.

먼저, 어깨 밑에 손바닥을 활짝 펴서 바닥을 디디고, 골반 밑에는 무릎을 바닥에 댄 네 발 자세를 취했다. 그 자세에서 꼬리뼈부터 복부에 힘을 주어 몸의 뒷부분, 등을 동그랗게 말았다가 다시 원래 자세로 돌아왔다.

이번에는 머리를 들어 하늘을 바라보며 앞뒤로 척추를 기다랗게 늘려가며 동시에 가슴을 확장시켰다. 등과 허리가 움직이는 것이 느껴졌다. 초겨울 바람에 흔들리는 여리여리한 나뭇가지처럼 유연하게 움직여야 할 것 같은데, 여전히 내 몸은 굵고 뻣뻣한 나무기둥처럼 느껴졌다.

"이제 좀 다른 것을 해보죠. 한 선생님이 소고양이 자세를 할 때, 다른 선생님이 소고양이 자세를 하는 선생님의 허리와 등 부위에 손바닥을 갖다 대고 어떠한지 느껴보겠습니다."

먼저 내가 소고양이 자세를 하고 M선생님이 내 허리와 등 부위에 손바닥을 갖다 댔다. M선생님의 따뜻한 손바닥이 등 뒤에서 느껴졌다. 따뜻한 손바닥 아래에서 내 등과 허리가 움직이고 있었다. 움직임은 어쩐지 한결 부드러워진 것 같았다. 그냥 이대로 할 수 있을 만큼만 슬렁슬렁 움직여도 괜찮을 것 같은 느낌이 들었다. 내가 (늘 그렇듯이) 있는 힘껏 움직이려고 할 때, M선생님의 따뜻한 손바닥은 그만큼만 움직여도 괜찮다고 말하는 듯했다. 그때 M선생님은 내 몸을 느껴보더니 이렇게 말했다.

"우와, 진짜 선생님의 등 윗부분이 오르락내리락하는 것이 느껴지네요. 뭔가 제가 움직이는 것과는 다르게 느껴져요."

이어서 M선생님이 소고양이 자세를 하고 있을 때, 나는 M선생님의 몸 뒤편, 허리와 등 부위에 손바닥을 갖다 대고 M선생님의 움직임을 느껴보았다. 유연한 M선생님의 허리가 마치 유연한 활처럼 아름답게 움직이고 있었다. 나무토막 같았던 내 몸과는 차원이 다른 움직임이었다. 부러운 마음이 잠시 스쳐지나갔다.

다시, 내 손바닥에 주의를 기울였다. 내 손바닥 아래에는 M

선생님의 허리를 움직이는 근육과 뼈의 움직임이 더 생생하게 느껴졌다. 그때 몸이 조용히 말했다.

"M선생님은 허리를 무척 많이 움직이시네. 아름답고 유연하지만, 그동안 저렇게 움직이느라 얼마나 힘들었을까?"

뻣뻣한 몸에 대해 투덜거리던 마음이 몸의 이야기를 듣고 나더니 불평을 멈추었다. 부러움과 시기, 질투가 어느덧 사라지고, 그 자리에 연민이 찾아왔다. 정확하게 표현하자면 고생하고 있었을 M선생님의 허리에 대한 연민이었다.

"저는 등 부분에서 움직임이 느껴진다고 하셨는데, M선생님은 허리 부분에서 움직임이 느껴져요."

분명히 같은 안내에 따라 움직였지만, 저마다의 움직임은 조금씩 달랐다. 그리고 저마다의 움직임에는 저마다의 아픔과 고통이 스며들어 있었다. 등 윗부분을 주로 움직였던 나는 고질적인 어깨 통증을 달고 지냈고, 허리를 주로 움직였던 M

선생님은 자주 허리가 아프다고 말했다. 겉으로 보이는 움직임만 보았을 때는 도저히 알 수 없는 것들이었다.

가끔은 겉으로 보이는 것만으로 누군가와 나를 비교하느라 정작 그 사람이 무엇을 느끼고 생각하는지 놓치는 순간이 있다. 그 사람은 이 세상에 나와 비교당하기 위해 존재하는 사람이 아닌데도 말이다. 누군가를 그저 한없이 부러움의 시선으로 보다가도 가끔씩 그도 몸을 가진 한 사람이라는 사실을 떠올린다. 어쩌면 그 사람도 나처럼 새벽에 일어나 힘겨운 몸을 이끌고 출근하고, 상처받고, 때로는 답도 없는 오만가지 고민에 시달리며 하루하루를 살아가고 있는지 모른다.

각자의 몸에는 저마다의 아픔과 고통이 새겨져 있다. 그 사실을 깨닫게 되면 소모적인 비교의 질주를 멈추고, 그의 얼굴을 유심히 바라보게 된다. 그럴 때면 앞만 보고 달릴 때 보이지 않았던 누군가의 눈가에 맺힌 눈물이 보인다. 이제는 누군가를 추월하기보다 서로를 토닥이면서 함께 걸어가고 싶다.

몸이 즐거워하는 순간

놀이와 몸

"지금 무엇이 느껴지나요?"

"… 아무것도요."

J씨가 잔뜩 긴장한 자세로 의자에 앉아 있었다. 그녀의 얼굴에는 땀이 흐르고, 손은 부르르 떨고 있었다. 나는 그녀에게 의자 바닥에 닿아 있는 골반의 모양이 어떠한지 가만히 느껴보자고 말했다. 그런데 긴장한 그녀의 몸이 문제였다. 긴장한 몸은 그녀가 아무것도 느낄 수 없게 만들었다. 무엇을 해야 그녀가 긴장을 풀 수 있을까 잠시 고민하고 있는데, 때마침 치료실에 굴러다니던 공이 내 눈에 들어왔다. 나는 그녀와

공놀이를 시작했다.

그녀가 먼저 공을 던졌다. 나는 허둥지둥 그녀가 던진 공을 쫓아가다가 그만 놓쳐버렸다. 공이 바닥에서 데굴데굴 구르자, 긴장으로 굳어져 있던 그녀의 얼굴에 미소가 번졌다. 나는 공을 집어 그녀에게 던졌다. 이번엔 뒷걸음질 치며 공을 받으려던 그녀가 공을 놓쳐버렸다. 공이 도망치듯 저 구석으로 데굴데굴 굴러갔다. 그녀는 신이 난 듯 공을 뒤쫓아갔다.

"하하하."

그녀의 얼굴에 데굴거리는 공처럼 경쾌한 웃음이 터졌다. 웃으며 공을 쫓는 그녀를 보고 나도 따라 웃었다. 나는 그녀에게 다시 의자에 앉아 바닥에 닿은 골반의 감각을 느껴보자고 했다.

"어? 동그란 뼈가 의자에 닿아 있어요. 아까는 왜 몰랐지?"

긴장 속에서 아무것도 느낄 수 없었던 그녀는 놀이를 하면서부터 조금씩 호기심이 생기기 시작했다. 생각해보니 진료실에서 그녀가 웃는 것을 한 번도 본 적이 없었다. 사실 진료실에서 만난 그녀는 늘 불안해했다. 혹여나 업무에 실수가 생겨 직장상사로부터 연락이 오지는 않을까 매순간 걱정을 했다. 이런 걱정과 긴장은 늘 그녀를 얼어붙게 했고, 경직된 그녀는 정작 자신이 무엇을 느끼고 원하는지, 무슨 생각을 하고 있는지 알아차릴 수가 없었다. 불안과 긴장 때문에 마음은 철저히 그녀 자신에게서 소외되어 있었다.

그녀를 보면서 마치 나 자신을 보는 것 같았다. 나 역시 항상 무엇이든 잘해내야 한다는 부담감과 압박감으로 많은 것을 그냥 지나치며 살아왔다. 삶에서 놀이를 잃어버린 어른으로 살아간다는 것은 작은 행복을 포기한 거나 마찬가지였다. 오래전, 그렇게 잘 놀던 '나'였던 그 아이는 대체 어디로 사라진 걸까.

늦은 밤, S선생님이 온라인으로 진행하는 그룹 레슨에 참여하게 되었다. 나는 집에서 다섯 살짜리 아들과 함께 있었다. 다섯 살짜리 아들을 옆에 두고 다른 일에 집중한다는 것은 거의 불가능했다. 저녁이면 자주 온라인 회의와 강의가 있었는데, 아들은 자주 온라인 회의에 '난입'하는 방해꾼이었다. 그날도 거실에서 장난감을 가지고 노는 아들을 옆에 두고, 컴퓨터 모니터 너머로 들리는 S선생님의 목소리에 맞춰 몸을 움직이고 있었다.

"뭐야, 뭐야? 엄마? 나도 좀 같이 해."

방해꾼이 다시 나타났다. 아들이 내 옆에 딱 붙어서 드러누웠다. 이제 안내에 따라 몸을 움직이는 것은 불가능해졌다. 팔을 옆으로 뻗으라는데 옆으로 돌아보니 아들이 옆에 딱 들러붙어 꼼지락거리며 키득거리고 있었다. 고개를 왼쪽으로 돌리라는 안내에 따라 고개를 돌리면 아들이 입을 우스꽝스럽게 벌리고 눈을 치켜뜬 채로 티라노사우르스 흉내를 내고 있었다. 아이는 '노는 몸'이 될 때마다 행복해하는 것 같았다.

"아앗, 간지러워 움직일 수가 없잖아!"

화를 내려다가 아들 표정 때문에 결국 나도 웃음이 터져 나왔다. 웃다보니 따뜻하고 보드라운 아들의 몸이 내 몸에 닿는 것이 느껴졌다. 그러자 몸이 마음에게 부드럽게 말했다.

'그냥 되는 대로 하자. 할 수 있는 만큼만 해.'

S선생님의 안내에 따라 움직이다가도 아들의 장난에 웃음이 터지기도 하고, 다시 몸을 움직이면서 시간이 흘렀다. 아들은 내 옆에 있는 것이 지루해졌는지, 어느새 저편에서 공룡을 가지고 놀고 있었다.

나도 다시 S선생님의 안내에 따라 몸을 움직이고 있었다. 누운 상태에서 손으로 양쪽 발을 잡고 좌우로 뒹굴뒹굴하는, 마치 아기와 같은 움직임을 하고 있을 때였다. 있는 힘껏 오른쪽 바닥으로 내려갔다가 다시 왼쪽 바닥으로 몸을 굴리며 끙끙거리고 있었다. 힘닿는 데까지 크게 움직이느라 나는 늦은 밤 거실에서 홀로 중노동을 하고 있었다.

"엄마! 나 좀 봐봐! 히힛."

어느새 아들도 가지고 놀던 장난감을 내려놓고 뒹굴뒹굴하고 있었다. 아들은 움직이는 것 자체가 즐거운 모양이었다. 아들이 뒹굴뒹굴 굴러서 나에게로 왔다. 그러다 낑낑거리고 있던 내 몸과 부딪쳤다. 아들은 재미있다는 듯 웃음을 터뜨렸고, 나도 따라 웃었다. 나는 있는 힘껏 움직이던 것을 멈추고 슬렁슬렁 움직이기 시작했다. 그러자 끙끙거리느라 느끼지 못했던 등 뒤의 구르는 느낌이 선명하게 느껴졌다. 어느새 나도 아들처럼 슬렁슬렁 움직일 때 몸에서 느껴지는 감각을 즐기고 있었다.

삶이 놀이처럼 변해가는 순간이었다. 그러자 꼬무락거리는 아들의 부드러운 몸과 닿는 느낌, 바닥에 몸이 닿았다 떨어지는 느낌이 보다 더 선명하게 느껴졌다. 놀이하는 마음이 되자 그 전에는 느낄 수 없었던 감각을 더 또렷하게 느낄 수 있었다. 드디어 내 몸의 감각을 따라 탐험하는 여행이 시작되었다.

나와 함께 공놀이를 즐겼던 그녀도 마찬가지였다. 놀이의 모드가 시작되자, 여유 있는 태도로 몸의 감각과 연결되어 있는 자신의 마음을 관찰하기 시작했다. 그제야 그녀는 무엇이 자신을 힘들게 했는지, 무엇을 느끼고 원하고 있었는지 바라볼 수 있었다. 그녀에게 놀이는 회복을 위한 여행 같은 것이었다.

정신분석학자 위니콧은 인간에게 일, 사랑, 그리고 놀이가 중요하다고 말했다. 놀이를 할 수 없다는 것은 몸과 마음을 지치게 한다. 놀이는 새로운 것을 탐험하는 활동이며, 타인과 재미와 즐거움을 공유하는 특별한 경험이다. 따라서 삶에서 놀이가 사라진다면, 관계는 더 고립되고 우리는 더 이상 성장할 동력을 잃고 무미건조한 삶을 살게 될지 모른다. 놀지 못하는 외로운 아이처럼 말이다.

움직이지 못하는 마음은 놀지 못하는 마음과 같다. 어쩌면 동심이란 아이의 마음〔童心〕처럼 끊임없이 움직이는 마음〔動心〕이 아닐까. 거실에 흩어져 있는 아들의 장난감을 보면서 내 삶에도 여기저기 장난감이 놓여 있었으면 좋겠다고 생각했다. 놀이가 필요할 때마다 주저 없이 내가 갖고 놀 수 있도록 말이다.

혼자가 아니라는 감각

● 연결감과 몸

"사람들과 함께 있으면 소외감을 자주 느껴요. 어디를 가나 저의 존재감은 느껴지지 않죠. 그게 저를 미치도록 우울하게 만들어요."

K씨는 얼마 전에 대학생이 되었다. 입학 후 여러 모임과 술자리가 있었지만, 늘 그녀는 사람들 사이에서 소외된 느낌을 받았다. 사람들이 많이 모인 곳이라 해도 그녀는 늘 외로운 '섬'이 되곤 했다. 모임은 그녀에게 유쾌한 시간이 아니라, 소외감을 고스란히 감당해야 하는 고통의 시간이었다.

그녀에게 소외감과 외로움은 뿌리가 깊은 것이었다. 정신질환이 있었던 어머니와 어려운 가정 형편 때문에 집을 자주 비웠던 아버지 사이에서 그녀는 늘 혼자의 시간을 보내며 자랐다. 그녀는 말이 없고 조용한 사람으로 변해갔다. 누군가와 가까워지고 싶었지만, 사람들이 북적북적한 자리는 부담스럽고 불편했다. 많은 사람들이 모인 장소에서 그녀는 오히려 외로움을 더 진하게 느꼈다. 그녀는 누군가와 진정으로 연결되어 있다는 느낌을 경험해본 적이 없었다. 이런 뿌리 깊은 고립감은 그녀를 점점 더 위축시켰고 우울하게 했다.

돌이켜보면 나에게도 모임의 자리는 유쾌한 곳이 아니었다. 낯가림이 심하고 사교성이 없었던 나는 웃고 떠드는 사람들 속에 늘 '혼자인 기분'을 느꼈다. 때때로 견디다 못해 슬그머니 모임을 빠져나와도 사람들은 내가 먼저 가버렸다는 사실을 알지도 못했다. 그런 날이면 종일 중노동을 한 사람처럼 다음 날까지 몸살을 앓았다. 나는 사람들 속에서 존재감 없이 투명한 존재와 같았다.

나의 이런 소외감의 역사는 대학 입학과 함께 시작되었다. 개강 모임에 나갔지만, 아무도 나에게 먼저 말을 걸어주지 않았다. 반면에 얼굴이 예쁘거나 말주변이 좋아서 인기가 많았던 동기들 주변에는 늘 사람들로 북적거렸다.

"넌 왜 우두커니 혼자 있는 거야? 원래 이렇게 말이 없어?"

어느 선배가 내 옆에 앉더니 무심한 듯 묻다가 가버리고 나면, 혼자 앉아 있던 나는 수치심을 느끼곤 했다. 그때, 어린 내 마음은 누구에게도 화풀이를 할 수 없어 몸에게 원망을 돌리며 말했다.

"그것 봐. 너처럼 못생긴 애에게는 아무도 말을 걸어주지 않아!"

돌이켜보면, 나는 누군가와 함께 있는 것 이전에 내가 나 스스로와 편안히 있는 것이 힘든 사람이었다. 그로부터 20년이 넘게 흘러도 나의 사회화 속도는 느릿느릿 흘러만 갔다. 회식은 여전히 나에게 마음의 중노동이었다. 분명 시작할 때는 내 옆에 누군가 앉아 있었던 것 같은데, 정신을 차려보면 나 혼자 우두커니 앉아 있었다. 주위를 둘러보니 다들 술잔을 돌리느라 바빠 보였다.

생각해보면 나는 그 자리에서 꼭 얼굴도장을 찍어야 하는

'힘 있는' 교수님도 아니었고, 사람들을 편안하고 즐겁게 해 주는 사람도 아니었다. 그래서 나는 늘 편하게 있을 자리를 찾지 못했다. 그럴 때면 어김없이 마음은 스스로에게 더 없이 견딜 수 없는 모진 말을 뱉어내곤 했다. 어디를 보나 나는 영향력 없고, 존재감이 없는 외로운 섬이었다.

그러던 어느 날이었다. 국내에서 유명한 몸 전문가들이 모여 각자의 분야를 소개하고, 간단히 실습도 해보는 워크숍이 열렸다. 나는 S선생님을 그 자리에 초대했다. '대가'들이라 불리는 소마틱스 전문가들의 이야기들이 이어졌는데, 시간이 너무 길어지자 슬슬 지루해졌다. 그러자 마음이 중얼거렸다.

"나는 누구일까? 여기는 어디지? 난 지금 뭘 하고 있는 걸까?"

많은 사람들 사이에서 나는 또다시 고립된 섬처럼 멀뚱히 앉아 있다는 느낌이 들었다. 열심히 '대가'의 말씀을 듣고 있는 사람들 속에 뚱하게 있는 내가 외롭게 느껴졌다. 슬쩍 옆에 있는 S선생님을 쳐다보았다. 강의를 듣고 있는 선생님의 표정도 덤덤하고 뚱해 보였다. 나는 고립감의 동지를 만난 것 같아 반가운 마음이 들었다.

그때였다. S선생님이 앉아서 골반을 앞뒤로 눈에 뜨이지 않을 만큼 미세하게 움직이고 있었다. 작고 미세하게 골반을 뒤로 굴리며 허리를 등받이에 기대었다가 떼기를 반복하고 있었다. 그 움직임은 S선생님이 언젠가 알려주었던 '아치 앤 컬'이라는 움직임이었다. 슬쩍, S선생님에게 말을 걸었다.

"선생님, 지금 뭐 하시는 거예요?"

"이런 지루한 시간이 몸과 함께 있기 딱 좋은 시간이잖아요."

S선생님은 조용히 몸과 함께하고 있었다. 다시 주변을 둘러보니 그제야 내 눈에 보이는 것이 있었다. 앞자리에 앉아 '대가'들의 강의를 듣고 있던 사람들의 몸이 눈에 들어왔다. 몇몇 소마틱스 전문가로 보이는 분들이 S선생님과 비슷하게 움직이고 있었다. 그들도 골반과 상체를 작고 미세하게 움직이며 '아치 앤 컬'을 하고 있었다. 비슷한 듯 미묘하게 달라 보이는 저마다의 '아치 앤 컬' 움직임들은 마치 우아한 군무처럼 보였다. 모두들 각자 그들의 몸과 함께하고 있었던 것이다.

나 혼자만 지루한 게 아니었다. 나만이 지루함을 견디고 있다고 생각하는 외로운 순간에 다른 누군가도 비슷한 감정을 느끼고 있었다. 사실 어떤 의미에서 우리 모두가 외로운 존재였다. 그들도 각자의 섬에서 각자의 고독을 느끼고 있었다. 하지만 그 외로운 순간에도 그들은 각자의 몸과 함께했다. 우울한 순간에도, 불안이 휘몰아치는 순간에도 몸은 나와 함께하고 있었다.

얼마 후, K씨에게도 '아치 앤 컬'을 알려주었다. 이제 그녀는 외로운 순간마다 자신의 몸에게 다가갔다. 수많은 사람들이 의미 없이 웃고 떠드는 술자리에서 외로움의 바다를 떠돌다가도 그녀는 자신의 몸에 정박할 수 있었다.

이제 그녀는 혼자가 아니라는 감각을 몸을 통해 조금씩 배워가고 있다. 사람들 사이에 섬처럼 떠 있다가도 그럴 때면 바로 그녀 곁의 몸에게 다가갈 것이다. 그리고 몸과 자신이 연결되어 있다는 확신이 그녀를 편안하게 해줄 것이다. 그녀가 자기 자신과 함께 있는 것이 편안해진다면, 언젠가 다른 누군가와도 편안할 수 있을 것이다.

포기는 새로운 가능성

포기와 수용의 차이

"이렇게 그만두는 제 자신이 좀 한심하네요."

절망한 눈빛으로 L씨가 말했다. 그녀는 부모님의 바람대로 명문대학에서 경영학을 공부하고 있었다. 하얀 얼굴에 생각이 많아 보이는 커다란 눈망울을 한 그녀는 늘 보기 좋은 미소를 짓고 있었다. 그녀는 힘들다는 내색을 하지 않았지만, 사실 대학생활에 잘 적응하지 못했다. 전공에 흥미가 없었고, 같은 과 사람들과도 잘 어울리지 못했다.

이런 이유로 등교를 할 때마다 숨이 막힐 것 같았다. 무거운 몸을 이끌고 지하철을 타면 자주 공황발작이 나타나 도중에 내렸다가 다시 타기를 반복했다. 그렇게 집에 돌아오면 녹초가 되었고, 도저히 못 버틸 때는 휴학을 하기도 했다.

그렇게 휴학과 복학을 반복하며 4년이 흘렀다. 이제는 더 이상 버틸 수 없다고 느꼈던 그녀는 스스로를 방 안에 가두었다. 부모님을 실망시켰다고 생각한 그녀는 자신이 무능하다고 느꼈다. 졸업이라도 하기 위해 그녀가 얼마나 애썼는지 알고 있었던 나는 어떤 말도 쉽게 꺼내기 어려웠다.

살다보면 더 이상은 할 수 없다고 느낄 때가 있다. 나도 그런 순간을 맞닥뜨리면 늘 나의 무능함을 탓했다. 몸을 활용한 정서조절 프로그램인 소마움직임 프로그램을 기획하고 있던 그때도 그랬다.

병원 내에는 몸을 자유롭게 움직이며 프로그램을 할 수 있는 넓고 편안한 공간이 없었다. 당시 내가 근무하고 있는 병원은 서울에서도 손꼽힐 만한 큰 병원이었지만, 그 넓은 공간의 대부분은 이미 다른 과에서 사용하고 있어서 내가 이용할 수 있는 공간은 없었다. 여러 사람들을 통해 수소문 해봤지만, 공간 마련은 쉽지 않았다. 어떻게 공간을 마련한다 해도 프로그램을 누가 진행할지도 문제였다. 그때까지만 해도 나는 내 몸과 어색한 사이였다. 내 몸과도 서먹한데 다른 사람의 몸과 안전하고 편안하게 지낼 수 있을지도 솔직히 자신이 없었다. S선생님을 만난 날, 이런 나의 고민에 대해 솔직히 털어놓았다.

"선생님, 그냥 포기해요. 뭘 고민하고 있어요."
"네? 포기하라고요?"

포기하라는 말을 듣는 순간, 내 귀를 의심할 뻔했다. 마음은 한 번도 나에게 포기하라고 말한 적이 없었다. 아니, 그 누구도 나에게 이렇게 쉽게(?) 포기해도 된다고 말한 적이 없었다. 항상 '포기하지 마라'는 말만 들어왔던 나는 순간, 당황했다.

"할 수 있는 만큼 한 거잖아요. 그럼 포기해야죠."

할 수 있는 만큼 했다는 말은 묘하게 위로로 다가왔다. 마음은 그제야 나에 대해 무능하다고 질책하던 것을 멈추었다. 이윽고 S선생님의 레슨이 시작되었다.

벽을 바라보고 앉아 두 발바닥을 붙인 상태에서 다리를 펴고 앉았다. 그 상태에서 상체를 굽혀 손바닥을 벽에 닿게 하는 움직임을 시도하고 있었다. 나는 손바닥이 벽에 닿게 하기 위해 끙끙거렸다. 마음은 종잇장처럼 상체와 하체를 포개라고 몸에게 말했다. 그러자 몸이 마음에게 말했다.

"이봐, 나는 죽었다 깨어나도 네가 말하는 것처럼 몸을 접을 순 없어. 그만 좀 해."

마음과 몸이 무엇을 위한 것인지도 모를 싸움을 계속하고 있을 때, S선생님이 말했다.

"지금 몸이 어떻게 느껴지세요?"

"무릎 뒤가 엄청 당겨요. 몸을 숙이려니까 숨이 안 쉬어지는 것처럼 가슴이 답답해요."

"네, 거기까지네요. 선생님은 지금 거기까지 움직일 수 있는 거네요. 더 이상 숙이려고 하지 마세요. 그냥 그 상태로 몸이 어떻게 느껴지는지 알아보세요. 지금 불편하게 느껴지는 감각을 좀 더 편안하게 하려면 어떻게 하면 좋을까요?"

그때, 갑자기 몸이 새로운 제안을 했다.

"발바닥을 벽에서 떼어보면 어떨까?"

몸의 제안대로 발바닥을 벽에서 떼어보니 한결 편안해졌다.

"무릎도 바닥에서 떼서 살짝 굽혀보고 싶어."

몸이 말하는 대로 무릎을 바닥에서 살짝 떼서 굽힌 뒤에 다시 상체를 가만히 바닥을 향해 숙여보았다. 좀 전과는 다르게 몸이 부드럽게 굽어지며 가슴이 종아리에 닿는 것이 느껴졌다. 척추가 부드럽게 주욱 길어지면서 등판이 마치 날개가 펴지는 듯 가만히 넓어졌다. 딱딱했던 뒷목은 그제야 힘을 내려놓고 부드럽게 바닥을 향해 고개를 떨구었다.

내 몸을 짓누르던 긴장이 사라지자, 숨어 있던 몸의 다른 감각이 선명하게 느껴졌다. 몸이 한결 말랑말랑해진 것 같았다. 이렇게 편안해지자 몸은 구석구석에서 자기만의 소리를 내기 시작했다. 마음은 그런 몸의 이야기를 가만히 듣고만 있었다.

마음은 종이가 접히듯 몸이 숙여지는 것을 유연하다고 주장해왔다. 그런데 벽에서 발을 떼고 무릎을 굽혀 동그랗게 윗몸을 굽히자, 마치 바닥을 뒹굴뒹굴 구르는 공처럼 등판이 말랑말랑해졌다. 그것 역시 마음이 미처 몰랐던 또 다른 유연함의 길인지도 몰랐다. 가능하지 않다고 느껴지는 것을 가만히 내려놓자, 또 다른 가능성이 열리고 있었다.

한계를 알고 포기를 선택한 그녀는 어떻게 되었을까? 오랜 치료 끝에 그녀는 더이상 경영학 공부를 해나갈 수 없는 자신을 '있는 그대로' 받아들이기로 했다. 그러자 자신이 원하던 것이 조금씩 보였다. 부모님의 반대에도 불구하고 그토록 공부하고 싶었던 건축으로 전공을 '과감히' 바꾸었다. 부모님은 여전히 취직이 잘 되지 않는 곳에 가서 쓸데없이 시간을 쓰고 있다며 그녀를 비난했지만, 그녀는 그럭저럭 잘 지내고 있다. 한때는 무기력의 늪에 빠져 지내던 그녀가 '포기'를 선택하면서 새로운 삶이 열릴 수 있었다.

나는 병원 안에 프로그램을 할 만한 전용 공간을 마련하는 일을 '포기'했다. 얼마 후에 무슨 마음이 들었는지 회의실을 빌려 그곳에서 S선생님과 프로그램을 시작했다. 값비싼 문화센터만은 못해도 매트를 깔고 편안한 음악을 틀어놓으니 제법 근사했다. 환자가 가져다준 캔들 워머로 한층 따뜻하고 편안한 공간으로 변신했다. 무엇보다 환자들과 함께 만든 공간이어서 돈으로 살 수 없는 소중한 유대감을 얻을 수 있었다. 유대감은 환자들이 회복되기 위해서 가장 필요한 것이었다. 문득 '포기'를 하라면서 덧붙였던 S선생님의 말이 떠올랐다.

"그냥 있는 그대로 보세요. 어쩌면 다른 가능성이 보일지 몰라요."

수용전념 치료의 개발자 스티븐 헤이스는 모든 변화는 역설적으로 상황을 있는 그대로 수용하려는 태도에서부터 출발

한다고 말한다. 자책은 내려놓고 힘들더라도 있는 그대로 현재에 가만히 머물 수 있어야 내가 최선을 다했음에도 불가능한 부분이 있다는 사실을 받아들이게 된다. 현재의 한계를 받아들이지 않으면, 또 다른 가능성에 대해서는 생각해볼 수도 없다.

길을 걷다가 막다른 골목에 이르면 막막함이 느껴질 때가 있다. 그러면 잠시 걸음을 멈추거나 발걸음을 느리게 해본다. 이리저리 주변을 두리번거리다보면 얼핏 다른 길이 보이기도 한다. 저 길로 가볼까. 어쩌면 그 길도 내가 가고 싶었던 곳으로 가는 과정일지 모른다.

가야 할 길은 한 가지만 있는 것이 아니다. 때로는 포기하면서 다른 길이 열리기도 한다. 그래서 차선의 선택이 최선이 될 수 있다.

항상 나를 지지해주는 바닥

안정감과 몸

"막막해요. 그냥 고통뿐이에요. 차라리 죽는 게 나아요."

공포와 불안, 외로움과 수치심이 뒤엉킨 표정으로 M씨가 말했다. M씨는 아동학대의 생존자였다. 실체를 알기 어려운 막연한 불안은 수시로 그녀의 일상에 들이닥쳤다. 알코올 중독이었던 그녀의 아버지는 이유 없이 욕을 해대고, 화가 나면 그녀와 어머니에게 폭력을 휘두르기도 했다. 그런 아버지를 견디다 못한 어머니는 그녀를 두고 집을 나가버린 뒤 아예 소식을 끊어버렸다.

그녀에게 삶이란 혼자 우두커니 컴컴한 터널 한복판에 서 있는 것처럼 외롭고 두려운 것이었다. 현실의 어려움이 닥칠 때마다 그녀를 도와줄 사람은 아무도 없다고 느꼈다. 외로움은 그녀를 세상 앞에 더욱 얼어붙고 움츠러들게 만들었다. 그래서일까. 사람들로 꽉 찬 지하철이나 버스 안에서 공포와 불안은 극에 달하곤 했다. 그럴 때마다 숨이 잘 쉬어지지 않는 느낌이 들었고, 가슴이 답답하다 못해 아파왔다. 어지럽고 온몸에 힘이 빠져 쓰러질 것 같았지만, 그녀를 지탱해주는 것은 아무것도 없었다.

그녀를 어떻게 도울 수 있을지 나도 막막했다. 때때로 진료실에서 그녀와 대화를 나누다보면, 무엇이 있는지도 모르는 어두운 동굴 안에 그녀와 나만 덩그러니 남아 있는 것 같았다. 가끔은 그녀에게 어디로 가고 싶은지, 앞으로 어떤 삶을 살고 싶은지에 대해 물어본 적이 있다. 내 질문이 낯설었는지 그녀는 선뜻 대답하지 못했다. 고민 끝에 나는 스스로에게 질문을 던지기 시작했다.

'나는 지금 그녀와 무엇을 하고 있을까? 아니, 무엇을 할 수 있을까?'

어떤 질문은 대답을 가져오기까지 기다림이 필요했다. 우선, 그녀가 이 자리에 어떻게 있는지를 알아보는 것이 어떨까 싶었다. 정신의학 및 심리치료 분야에서 심리적 트라우마를 경험한 사람이 과거의 기억에서 벗어나 '지금 - 이 순간'에 집중할 수 있도록 돕는 여러 가지 치료적 기법을 '그라운딩(Grouding)' 기법이라고 한다. 한편 소마틱스 분야에서도 바닥에 닿아 있는 내 몸을 느껴보는 것을 그라운딩이라고 부른다. 어떤 의미든 일단 그녀와 그라운딩을 해보고 싶었다.

"지금 우리가 어떻게 의자에 앉아 있는지 알아볼까요? 의자 바닥에 닿아 있는 골반에 가만히 주의를 기울여보세요. 골반이 어떻게 바닥에 닿아 있나요? 혹시 아주 미세하게 한쪽으로 더 기울어 있나요? 그렇다면 가만히 작고 부드럽게 무게 이동을 해보며 바닥에 골반이 어떻게 닿아 있는 것이 좋을지 탐색해보세요"

빠르고 거칠던 그녀의 숨이 어느새 고요히 잦아들면서 부드럽고 느리게 바뀌었다. 안쪽으로 굽어 있던 어깨와 등이 부드럽게 펴지자, 그녀는 그제야 마주앉아 있던 내 얼굴을 바라볼 수 있었다. 그녀의 얼굴에서 슬며시 공포와 두려움이 걷히기 시작했다.

"이번에는 발바닥이 바닥에 어떻게 닿아 있는지 느껴볼까요? 아기들이 노는 것처럼 발바닥에 물감을 묻히고 하얀 도화지 위를 걷는다고 해봅시다. 양 발바닥이 어떻게 찍힐까요? 왼쪽 발과 오른쪽 발이 같은 모양으로 찍힐까요? 색깔은 어떤가요? 한쪽은 연하게, 다른 쪽은 진하게 찍히게 될까요? 발바닥 어느 부위가 바닥에 더 닿아 있는지 살펴보세요. 바닥이 내 몸을 어떻게 지지하고 있는지 가만히 느껴보세요."

바닥에 닿은 발바닥에 주의를 기울이면서 그녀의 표정은 조금 더 고요하고 차분해졌다. 어쩌면 그녀가 그토록 바라던 평안함은 이미 그녀의 몸 안에 있었던 건 아니었을까. 그녀의 몸은 그녀가 느끼지 못하는 순간에도 늘 그녀와 함께하고 있었다. 또 바닥은 그녀의 몸을 매순간 변함없이 지지해주고 있었다. 평안함을 위해 꼭 어딘가를 가야 하는 것은 아니었다.

그냥, 지금 여기 그대로 머물러 있어도 충분했다.

매일 지하철을 타면 그녀는 발바닥이 바닥에 닿아 있는 느낌에 주의를 기울인다. 아직은 힘든 시간에서 완전히 빠져나오지 못했지만, 전보다 조금은 나아진 점이 있다. 그것은 바로 그녀를 지지해주는 바닥이 그녀와 함께한다는 사실이다. 지하철이 움직이기 시작하면, 그녀의 두 발은 움직이는 지하철 바닥 위에서 균형을 맞추느라 부지런히 움직이며 그녀를 돕는다. 어디에서도 기댈 곳이 없었던 그녀에게 몸은 이제 그녀가 안전하게 기댈 수 있는 절대적 존재가 되어가고 있다.

내 얼굴로 살기 위하여

자기다움

“저는 제가 너무 싫어요. 머리끝부터 발끝까지 전부 다요.”

N씨는 고개를 푹 숙인 채 작은 목소리로 말했다. 그는 마스크를 쓴 채 모자를 푹 눌러쓰고 진료실 의자에 앉았다. 그의 눈을 마주하고 이야기를 나누고 싶었지만, 그는 한사코 눈을 마주치는 것을 피했다. 스스로가 흉측하다고 말했지만, 얼굴의 대부분이 가려져 있어 정말 그렇게 보이는지는 알 수 없었다.

그는 자기 자신을 끔찍이도 싫어했다. 특히 자기 ‘얼굴’을 외면하고 싶을 만큼 싫어했다. 아침에 일어나 거울을 보았을 때, 유난히 얼굴이 마음에 들지 않는 날이면 중요한 약속도

깨뜨린 채 두문불출했다. 때때로 그런 행동을 하는 자신이 비참하게 느껴지면 자해를 하기도 했다.

"그렇다면 어떤 얼굴이 자신에게 멋진 얼굴인가요?"

내 질문에 그는 선뜻 답하지 못했다. 물어보는 나 역시도 그 질문에 쉽사리 대답하지 못했다.

솔직히 고백하건데, 나도 내 얼굴이 마음에 들지 않을 때가 있었다. 한창 예민했을 사춘기에는 거울을 깨버리고 싶을 정도로 내 얼굴이 싫었고, 지금은 내 얼굴을 너무 미워하지 말자는 정도로 타협(?)하며 지내고 있다.

그런 나에게 화장은 얼굴 위에 가면을 쓰는 일처럼 느껴지기도 한다. 가면을 쓴다는 것은 불편하고 번거로운 일이지만, 그럼에도 매일 아침 또 다른 나의 얼굴을 창조해가는 이 도전을 나는 멈추지 않고 있다.

오늘도 아침에 일어나 세수를 하고 크림을 바르고, 거울에 비친 내 얼굴을 본다. 일을 하느라 새벽 두 시쯤 자고 일어났더니 얼굴은 퉁퉁 부어 있고, 죽은 사람의 얼굴빛처럼 푸르딩딩한 안색을 한 여자가 거울 앞에 앉아 있다. 피곤함을 감추기 위해 핑크빛 파운데이션을 발랐다. 혹여 내 가면에 생기를 좀 얻을 수 있을까 기대하며 살구색의 블러셔도 덧발랐다. 그때 마음이 말했다.

"음… 뭐랄까. 무척 피곤해 보이는 광대 같은 느낌인데?"

잠시 좌절했지만 포기하지 않고 화장을 계속한다. 좀 더 어려보일까, 예뻐 보일까 기대하면서 유튜브에서 배운 대로 눈에 음영을 넣고 아이라인도 그렸다. 새벽 5시 반, 햇빛이 들지 않는 컴컴한 방 화장대에서 나는 큰 눈동자를 만들기 위해 최선의 최선을 다했다. 그날, 진료실에서 만났던 강박장애 환자가 진료가 끝난 뒤, 내 얼굴을 보더니 조심스레 말을 건네고 진료실을 나갔다.

"선생님, 외람되지만 아이라인이 삐뚤어졌어요. 그리고 왼쪽과 오른쪽이 짝짝이에요."

그렇게 나는 큰 눈을 포기했다. 큰 눈은 이제 집어치우고 입술을 수정해본다. 요즘은 두텁고 볼륨 있는 입술이 유행이라고 한다. 그렇지 않아도 두터운 내 입술 라인보다 더 바깥에 립 라인을 그린다(이런 것을 오버립이라고 한다). 문득 오래 전 일이 생각났다. 어릴 때 내 별명은 금붕어였다. 입술이 너무 두꺼워 뻐끔거리는 모양이라며 어느 남자애가 붙인 별명이었다. 학교 친구들이 모두 나를 금붕어라고 불렀고, 나는 그 별명을 끔찍하게 싫어했다. 그때 울고 있던 어린 나에게 이모가 이런 조언을 해주었다.

"입술을 오므려봐. 그래야 얼굴이 새초롬하고 예뻐지지."

새초롬하지 않았던 나는 늘 입술을 오므리며 지냈지만, 입술은 오므라들지 않고, 마음만 쭈글쭈글 오므라들 뿐이었다.

요새는 너도나도 오버립을 그리는 법에 관심이 많다. 그래서인지 친구들은 내 입술을 부러워한다. 그래, 입술은 나의 유일한 장점이니 마음껏 오버립을 더 해본다. 출근을 하려는데 아침부터 토론이라도 할 듯한 태도로 남편이 나를 바라본다. 남편은 예쁘지 않다고 느끼면 '절대로' 예쁘다고 빈말을 하지 않는다. 그런 남편이 나에게 묻는다.

"요새 화장을 왜 그렇게 하는 거야?"

순식간에 기분이 나빠졌지만, 곰곰 생각해보니 중요한 질문이었다. 나는 도대체 왜 화장을 하고 있을까? 나는 어떤 얼굴이 되고 싶은 걸까? 사실, 내 마음은 내가 좀 더 어리고 생기 있는 아기 같은 피부와 큰 눈에 두터운 입술을 가진 얼굴이기를 바랐다. 그러자 몸이 마음에게 진지하게 물었다.

"그런데, 그게 너의 진짜 아름다움이니?"

부끄럽지만 나에게 화장이란 가면을 쓰는 일과 동시에 아름다움에 대한 열정이기도 했다. 그래서 눈곱만큼이라도 내 얼굴 속에서 숨어 있는 아름다움을 찾고 싶었다. 나는 나다운 아름다움을 절실히 찾아야 했다.

다시, 거울 속의 나를 본다. 나는 무엇이 되려고 화장을 하는 걸까? 내가 아닌 다른 아름다운 누군가의 얼굴이 되기를 바랐던 걸까? 그랬을지도 모른다. 그런데 머릿속으로 상상해왔던 아름다운 누군가의 얼굴은 내가 될 수도 없고, 설사 그럴 수 있다고 해도 그건 가면일 뿐이다. 문득, 좋아하는 뷰티 유튜버 '홍스메이크업앤플레이'의 홍이모의 말이 떠올랐다.

"메이크업이란 그 사람만이 가진 에너지와 분위기를 가지고, 그 에너지와 분위기가 그 사람의 얼굴 안에서 그 사람답게 어우려져 아름다운 균형감을 이룰 수 있도록 도와주는 작업이라고 생각해요. 저는 얼굴에 대한 어떠한 이상향을 정해 놓고, 그것을 지향하는 메이크업을 원하지 않아요. 그것은 메이크업이 아니라 메이크오버일 뿐이죠."

정말로 그랬다. 끝도 없는 연구 계획서와 논문들, 많은 진료와 행정업무를 처리하면서 어떻게 생기 넘치는 얼굴이 될 수 있을까? 하루에 5시간도 채 잠자기 힘든 하루하루를 보내면서 얼굴에서 에너지를 바랐다는 것 자체가 욕심이었다. 내가 선택한 삶으로는 12시간은 족히 잤을 듯한 그런 얼굴을 할 수가 없었다. 그런 생기 넘치는 얼굴은 나의 얼굴이 아니었던 것이다.

다시, 거울 속의 나를 본다. 마음이 원하든 원하지 않든 나는 다른 누군가의 얼굴이 될 수 없다. 다른 얼굴이 되려는 시도는 나를 우스꽝스러운 광대의 얼굴로 만들 뿐이다. 본래 광대란 다른 누군가를 흉내 내는 사람이니 어쩌면 당연한 결과인지 모른다. 그렇다면 다른 누구도 아닌, 내가 되어야 한다는 것은 선택의 여지가 없다.

내가 되는 일은 생각만큼 쉽지 않다. 어쩌면 그 길은 내가 나를 미워하지 않는 일에서부터 시작되는 것인지도 모른다. 간절히 바라건대, 내가 나를, 나의 얼굴을 너무 미워하지 않게 되었으면 좋겠다. 미워하지 않게 되면 오래오래 가만히, 그리고 자세히 내 얼굴을 관찰하게 될 것이다. 그러다보면 아주 작은 것이라도 그럭저럭 괜찮은 구석을 발견하게 될지도 모른다. 머리부터 발끝까지 스스로를 혐오하던 나의 환자들도 그랬으면 좋겠다.

발걸음이 춤이 되는 순간

● 리듬과 몸

납덩이를 등에 메고 있는 듯 몸이 무거웠다. 아무것도 하고 싶지 않은 그런 날이었다. 날씨는 무덥고 바깥에 서 있으면 땀이 주룩주룩 흘렀다. 의자에 앉아 등을 등받이에 기댄 채로 멍하니 컴퓨터 앞 모니터의 커서를 바라보았다. 뭐든 써야 하는데 아무 생각이 들지 않았다. 시간이 얼마나 흘렀을까. 순간, 손가락에 닿은 키보드의 감촉이 축축하게 느껴졌다.

"그래도 뭐라도 해야 할 것 같지 않아?"

마음이 조바심을 내며 말했다. 그런 마음에 저항이라도 하듯 몸이 더 축 늘어졌다. 진료가 끝나고 오후 내내 책상 앞에 앉아 있었지만, 이렇다 할 결과물 없이 병원 문을 나섰다. 지하철을 타기 위해 두 발이 계단 바닥에 힘없이 떨어지며 툭툭 소리를 냈다. 내 몸 중에 움직이는 것은 오직 두 발뿐이었다. 발만이 혼자서 내 몸을 힘겹게 이끌고 집으로 향하고 있었다.

저녁에는 P선생님의 온라인 수업이 있었다. P선생님은 S선생님을 통해 알게 되었는데, 소마틱스의 한 분야인 헬든 크라이스의 교사였다. 수업이고 뭐고 그냥 소파에 드러누워 TV나 보았으면 좋겠다는 생각이 들었다. P선생님 수업의 학생은 나를 포함해서 세 명이었다. 만약 결석을 하면 그 빈자리가 너무 티가 날 것만 같아서 꾸역꾸역 노트북을 찾아서 카메라를 켰다. 이윽고 P선생님의 안내가 들려왔다.

나의 움직임은 발에서부터 시작되었다. 누운 자세에서 무릎을 들어 구부린 채로 오른발을 바깥 방향으로 기울이자 무릎이 같은 방향으로 기울었다. 이윽고 무릎이 반대 방향으로 움직이자 다시 무릎의 움직임을 따라 골반이 움직였다. 골반이 움직이자 다시 오른발이 머리 방향으로 끌어올려졌다.

이제 오른발이 P선생님의 안내에 따라 다시 안쪽으로 기울어지면서 바닥 위에 닿았다. 발의 움직임은 다시 무릎으로, 무릎의 움직임은 다시 골반의 움직임으로 이어지더니 다리 전체의 움직임이 되었다. 다리의 움직임은 다시 등판과 갈비뼈가 오른편 바닥으로 닿았다가 떨어지는 것으로 이어졌다. 움직임이 움직임을 낳고 있었다.

"이제 오른쪽이 움직이고 있는 것을 왼쪽이 배웠으니, 왼쪽도 한번 해볼까요?"

왼발을 바깥 방향으로 기울이자, 무릎이 같은 방향으로 기울였다. 무릎의 움직임은 다시 골반으로 이어졌다. 골반의 움직임은 다시 무릎에서 발로, 다리 전체의 움직임으로 이어졌다. 다리 전체의 부드러운 움직임은 몸의 윗부분, 척추와 척추에 달려 있는 갈비뼈의 움직임으로 이어졌다.

"이제 왼쪽과 오른쪽을 번갈아가며 움직여볼까요?"

P선생님의 안내에 따라 몸의 오른쪽 움직임이 시작되었다. 오른발의 움직임은 발목에서 무릎으로, 다시 골반으로, 척추의 움직임으로 이어졌다. 척추의 움직임은 다시 이제 머리의 움직임으로 연결되었다. 발과 무릎이 오른쪽으로 움직이자, 머리도 같이 오른쪽으로 굴렀다. 오른쪽의 움직임은 다시 왼쪽의 움직임으로 연결되었다.

처음에는 오른쪽의 움직임이 끝나면 움직임이 툭, 끊어지며 잠시 멈추었다가 왼쪽의 움직임이 시작되었다. 그러다가 움직임이 반복되면 반복될수록 몸의 오른쪽과 왼쪽은 죽이 잘 맞는 친구가 마주 앉아 대화를 주고받는 것처럼 주거니 받거니 움직임을 이어나갔다. 시간이 지날수록 언제 오른쪽의 움직임이 끝났는지도 모르게 스르륵 왼쪽의 움직임이 시작되었다.

이제 움직임은 끝과 시작을 알 수 없이 부드럽게 연결이 되었다. 내 몸을 관통해서 숨이 들어가고 나가자, 갈비뼈가 부드럽게 오르락내리락하고 있었다. 분명 시작은 발의 움직임이었는데, 지금은 온몸 전체가 발의 움직임과 함께하고 있었다.

"이제 천천히 일어나셔서 한번 걸어볼까요?"

천천히 몸을 옆으로 뒹그르르 굴러서 일어섰다. 양쪽 발바닥이 바닥에 부드럽게 닿은 게 느껴졌다. 마치 발을 이루고 있는 뼈와 뼈 사이에 공기를 머금은 듯 발이 폭신하게 느껴졌다.

오른발을 들어 올리자 걸음이 시작되었다. 아니, 걸음은 발만으로 걸어지지 않았다. 발과 함께 무릎이 구부러지고… 이어서 골반이 앞으로 나가면서… 또, 팔이 앞뒤로 움직이면서… 그렇게 내 몸 전체가 앞으로 나아가고 있었다.

오른발이 앞으로 나아갈 때, 왼발은 바닥을 딛고 내 몸이 넘어지지 않게 지지하고 있었다. 오른발과 왼발이 번갈아가며 움직였다. 비단 걸음은 발만으로 가능한 움직임이 아니었다. 몸통이 함께 움직이고, 양쪽 어깨가 번갈아가며 앞뒤로 움직였다. 어깨가 움직이면서 팔이 가벼운 바람에 흩날리듯 흔들거리고 있었다.

이제 걸음은 '춤'이 되어가고 있었다. 어디선가 BTS의 〈Dynamite〉가 들릴 것만 같았다. 내 몸과 마음에는 빛과 불꽃들이 있었고, 그 빛들이 함께 춤을 추는 아름다운 밤이었다. 인생은 때때로 쓰디쓰고 몸은 무겁게 가라앉곤 한다. 그래도 내 몸이, 내 걸음이 춤이 될 수 있다는 것을 꼭 기억하고 싶다.

Chapter 3

지금 여기,
움직이는 내가 있어

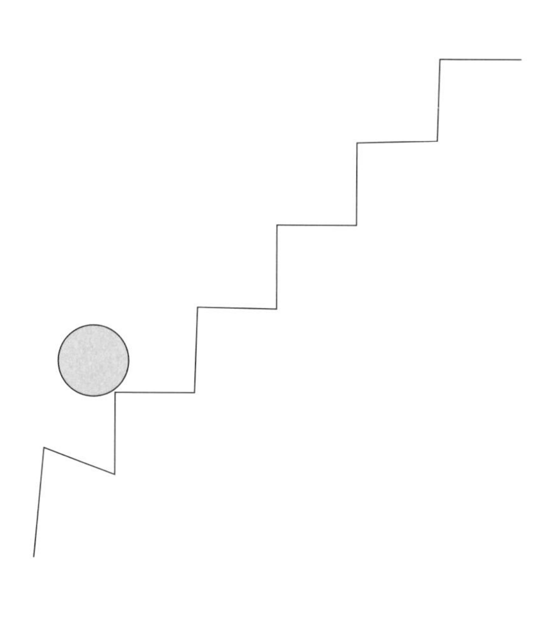

Body & Mind

말하지 않고 느껴지는 것

몸의 언어

"그건, 그저 느껴지는 것인데요…."

S선생님이 거의 울상이 되어 말했다. 몸 전문가인 S선생님, 마음 전문가인 M선생님, 그리고 내가 한 팀이 되어 벌써 몇 달째 '신체기반 트라우마 회복 프로그램'을 만드느라 씨름을 하고 있었다.

가끔은 진료실에서 태풍이나 화재 등 갑작스러운 자연재해로 인해 몸을 크게 다치거나, 집과 재산을 잃은 뒤에 어려움을 겪는 환자들을 만나곤 한다. 이처럼 갑작스러운 재난의 경험은 마음뿐만 아니라 몸에도 다양한 후유증을 남긴다. 재난으로 겪게 되는 공포와 두려움은 온몸을 얼어붙고 긴장하게 만들어 뜻하지 않는 통증을 일으키기도 한다.

우리 팀이 만드는 프로그램은 이런 재난을 겪은 분들이 다양한 움직임을 통해 몸으로부터 여러 감각들을 경험하고, 긴장과 이완의 상태를 구분하여 스스로 자기 몸을 편안하게 사용할 수 있도록 돕는 것을 목표로 하고 있었다. 신체적인 안정을 회복하면 마음의 안정으로 이어질 거라는 기대가 이번 프로그램에 녹아 있었다.

그런데 프로그램을 개발하는 과정에서 어려운 점이 있었다. 바로 재난 현장에 투입된 마음 전문가, 즉 상담가와 정신과 의사들이 효율적으로 프로그램을 진행할 수 있도록 상세한 매뉴얼을 만들어야 한다는 점이었다. 하지만 마음의 세계를 중심으로 살아왔던 전문가들에게 몸의 세계를 알려주는 일은 무척이나 어려운 일이었다. 마치 한 번도 먹어보지 못한 음식의 요리법을 말로 설명하는 것처럼 난감했다.

전에도 두 선생님과 크고 작은 프로젝트를 함께 해봤지만, 이번처럼 우리가 경험하는 방식이 극명하게 다르다고 생각해 본 적은 없었다. '마음 전문가들이 진행하는 몸 프로그램 지침서'라는 이제껏 도전해보지 못한 일을 하면서 우리가 정말 다른 종류의 인간이라는 사실을 새삼 깨닫게 되었다.

"선생님, 여기서 이 움직임을 해야 하는 근거가 무엇일까요? 참고할 만한 연구 결과나 문헌이 있나요?"
"선생님, 이 움직임의 효과를 어떻게 설명해야 하죠?"

마음 전문가인 나와 M선생님은 몸 전문가인 S선생님에게 몸에 대해 수없이 질문을 쏟아냈다. 다른 마음 전문가들도 우리 프로그램에 대해 비슷한 질문을 수차례 던졌고, 그때마다 S선생님은 난감함을 온몸으로 드러냈다. 사실, 마음의 언어로 쏟아내는 질문들에 대해 몸 전문가로서 마음의 언어로 대답하는 것은 사실 불가능에 가까웠다.

"그건, 그저 경험을 해봐야 알 수 있는데요. 말로 어떻게 설명해야 할지 잘 모르겠어요…."

프로그램 개발을 위해 회의를 할 때마다, 회의에서 수많은 질문이 쏟아질 때마다 S선생님은 말끝을 흐리거나 선문답 같은 대답으로 마음 전문가 선생님들을 난감하게 했다. S선생님에게 배움이란 몸으로 습득되는 것이었다. 그래서인지 체득된 지혜를 말로 바꿔서 말한다는 것이 쉽지 않은 일이었다.

"이렇게 움직이면 편안하다는 느낌이 들지 않는데요."(마음 전문가)

"왜 우리는 꼭 편안해야만 하죠?"(S선생님)

"네, 이 프로그램의 목적은 편안함보다는 자신의 몸과 움직임에 대해 보다 더 잘 알아차려서 이해하고, 조절하도록 돕는 것이죠. 그래도 몸과 마음이 불편해서 오시는 분들인데, 조금은 편안해지기를 기대하지 않을까요? 얻을 수 있는 효과를 미리 말로 설명해주어야 할 것 같은데요."(마음 전문가)

"왜 작고, 느리게 움직여야만 하나요? 대체 이게 왜 좋다는 거죠?"(마음 전문가)

"그럼, 왜 우리는 늘 빠르고, 크게 움직여야 하나요?"(S선생님)

"그래도 작고, 느린 움직임이 구체적으로 어떤 기전에 의해 우리 몸의 이완에 도움이 되는지를 언어로 설명할 수 있어야 상담 선생님들이 수긍할 수 있어요."(마음 전문가)

"네, 그것도 필요하겠지만 일단 열린 마음으로 작고 느린 움직임과 빠르고 큰 움직임이 자신의 몸에서 어떻게 다르게 느껴지는지 직접 경험해보셨으면 합니다"(S선생님)

몸과 마음, 이 둘은 다르면서도 서로 영향을 주고받는 중요한 파트너임에는 틀림없었다. 그런데 S선생님과의 선문답은 책을 뒤져본다고 해서 그 해답을 얻을 수 없는 것들이었다. 당장 언어로 된 매뉴얼을 만들어야 하는 상황에서는 무척 답답한 일이었다.

마음 전문가들은 경험을 언어로 해석하고 설명하는 것을 중요하게 생각한다. 나의 경우, 경험을 언어로 설명할 수 있는 것만이 온전히 이해한 것으로 여겼다. 그동안 마음을 공부하고 이해하기 위해 수없이 책을 읽고 강의를 들었다. 나에게 진리의 대부분은 마음의 언어로 된 것이었다. 그랬던 탓에 몸으로 경험을 하지 않아도 책을 읽거나 설명만 들어도 마치 그 경험의 핵심을 파악할 수 있다고 생각했다. 어쩌면 그것은 교만에 젖은 착각이었을 수 있지만, 마음 전문가로서 나는 그런 방식으로 살아왔다. 그런데 몸의 언어라는 경험의 영역을 만나면서 그런 나의 방식도 점점 새롭게 확장되어가고 있었다.

"몸을 움직이는 것이 마음을 편안하게 하는 것과 무슨 관련이 있죠?"

내가 처음 '마음을 위한 몸' 프로그램을 시작하고, 마음 전문가들에게 가장 많이 받은 질문이었다. 움직임에 관한 질문을 받을 때마다 나는 마음의 언어로 명확하게 답을 하려고 무던히도 애를 썼다. 마음 전문가들에게 몸의 이야기를 하기 위해서는 어쨌든 마음의 언어로 명확하게 말해야 했다. 하지만 몸의 이야기는 본질적으로 언어로 답할 수 없는 것이었다. 그래서 S선생님의 언어로 만든 매뉴얼을 다시 M선생님과 나의 언어로 수정하고 보완해야 했다.

어느 날, 몸의 언어와 마음의 언어, 이 두 방식의 매뉴얼을 앞에 두고 S선생님과 만났다. 몸과의 소통을 향한 지난하고 고단한 작업이 계속되는 순간이었다. S선생님이 먼저 말문을 열었다.

"선생님, 우선은 제 방식을 내려놓기로 했어요. 뭐가 더 좋은 것인지 한 번 비교해보고 경험을 해봐야겠어요."

먼저 내가 프로그램의 진행자가 되어 S선생님이 움직일 수 있도록 안내했다. 스승과 제자가 역할을 바꿔보는 낯선 순간이었다. 초여름 어느 날, 어둑어둑한 요가 센터 창문 사이로 햇살이 우리 두 사람을 비추고 있었다. S선생님과 나, 우리의 몸과 마음이 조용히 함께했다. 먼저 S선생님의 언어로 만든 매뉴얼을 내 목소리로 따라 읽으며 움직임을 안내했다.

"제가 만든 매뉴얼이 다른 사람의 입에서 흘러나오니 새롭게 다가오네요. 이렇게 안내를 받아보니, 움직이는 사람 입장에서는 어떻게 하라는 것인지 좀 막막할 수도 있겠어요."

움직임을 한 후, S선생님이 말했다. 이윽고 M선생님과 나의 언어로 수정하고 보완한 매뉴얼로 움직임이 이어졌다. S선생님의 언어에 비해 좀 더 간결하고, 몸과 마음의 이완을 더 직접적으로 지향하는 방식이었다. 아마도 불안과 긴장으로 고통을 호소하는 사람들을 수없이 만나왔던 M선생님과 내가 몸과 마음의 이완에 무게를 둔 언어를 쓴 것이 여기에 반영된 것 같았다.

"음… 왜 이렇게 안내를 하셨는지 이제 알겠어요. 안내를 들으며 움직이니까 훨씬 더 편안하고 명쾌하게 느껴지네요."

몸 전문가가 이해하는 방식은 이처럼 직접 몸으로 느껴보고 경험해보는 것이었다. 책과 글로 세상의 진리를 배워나갈 수 있다고 믿었던 마음 전문가에게는 낯설고 새로운 방식이었다. 경험하고 나서야 비로소 온전히 알게 되는 것들, 그 따스하고 인간적인 배움의 지혜들이 몸의 경험 속에 녹아 있었다.

S선생님은 세상의 이치를 체화하며 살아가는 사람처럼 보였다. 심리철학에서는 S선생님과 같은 배움의 방식을 '체화된 인지(Embodied Cognition)'이라고 부른다. 즉, 우리가 뭔가를

인지하고 이해할 때, 뇌뿐만이 아니라 온몸을 사용하여 느끼고 경험한 감각이 인지의 일부분이 된다는 것이다. 내가 무엇인가를 알게 되는 과정은 온몸을 사용하여 대상을 경험한 느낌을 포함한다. 우리가 무엇인가를 지각하고 이해하는 것은 눈이나 귀 등 신체의 다양한 기관에 의존할 수밖에 없다. 따라서 흔히 '심리적 과정'이라고 일컫는 것들도 어쩌면 몸을 통하지 않고서는 불완전한 것일지도 모른다.

가끔은 언어가 과연 내 경험의 해상도를 높이는 것일까, 혹여 경험의 세밀한 부분을 삭제하고 있는 것은 아닐까 의문이 든다. 때때로 마음이 들려주는 말은 몸의 경험 중에서 무엇이 나에게 중요하고 의미 있는지를 전해주기도 한다. 그러나 마음의 말들만이 존재할 때, 우리는 경험의 많은 부분을 잃어버릴 수 있다. 그래서 마음의 말들이 공허하게 느껴질 때, 중요한 것이 무의미하게 느껴질 때, 바로 그 순간만큼은 몸이 하는 말을 들어야 하는지도 모르겠다.

고통 한가운데서 일어나기

● 트라우마와 그라운딩

"몸이 후들후들 떨리면서 앉아 있는 것도 힘드네요."

가쁜 숨을 몰아쉬며 잔뜩 웅크린 자세로 O씨가 말했다. 긴장한 듯 그녀는 내 눈을 바라보지 못하고 여기저기 두리번거렸다. 나에게 그녀는 어머니나 이모뻘 되는 어른이자 무엇보다 진료라는 서비스를 받기 위해 찾아온 귀한 고객이었다. 그런데도 그녀는 내가 자신을 혼내기라도 할 것처럼 내 앞에서 안절부절못하고 있었다. 어떻게 해야 그녀를 편안하게 해줄 수 있을까, 잠시 고민하다가 일단 그녀가 말을 할 때까지 기다리기로 했다.

"가슴이, 가슴이 너무 아프네요."

숨을 헐떡거리며 가까스로 그녀가 말했다. 숨을 쉬고 있는 그녀의 모습을 바라보니, 가슴이 아픈 것은 어쩌면 당연할지도 모르겠다고 생각했다. 마치 누군가에게 공격을 당할까봐 숨어 있는 사람처럼 그녀의 양쪽 어깨가 동그랗게 말려 있었다. 또, 척추는 안으로 구부정하게 굽어져 있었다. 그 자세로 숨을 쉬고 있으면 흉곽이 펴질 수가 없어서 가슴이 아플 수밖에 없을 것 같았다.

"지금 많이 긴장되시나 봐요."

"네, 제가 바보 같네요…. 선생님이 뭐라고 하실 것도 아닌데, 괜히 긴장이 되고 떨려요."

가슴이 답답한 듯 그녀는 가슴을 손으로 부여잡고 얼굴을 찡그린 채로 말했다. 순간, 나는 잔뜩 웅크린 그녀의 몸을 얼른 일으켜 세워주고 싶은 충동을 느꼈다. 내가 억지로 그녀의 어깨와 등에 손을 대어 자세를 펴준다면 어떤 일이 일어날까? 아마도 그녀는 갑작스러운 내 행동에 당혹감을 느낄지도 몰랐다. 성급하게 그녀의 자세를 바꿔주고 싶다는 마음을 내려놓고, 우선은 그녀가 지금 느끼는 감각에 가만히 머물러보기로 했다.

"우선, 말씀을 나누기 전에 제 안내에 따라 좀 움직여볼까요? 의자 바닥에 지금 엉덩이가 닿아 있는 것이 느껴지세요? 양쪽 엉덩이가 의자 바닥에 어떻게 닿아 있나요? 골고루 다 닿아 있나요? 아니면 한쪽 엉덩이가 더 많이 닿아 있나요?"

먼저, 그녀와 함께 바닥에 닿아 있는 내 몸을 느껴보는 그라운딩을 시작했다. 불안에 휩싸인 환자들에게 그라운딩은 바닥 위에 일으켜 세워진 자세와 정렬을 가다듬어 몸과 마음이 안정되도록 도와주곤 했다. 그라운딩을 시작하자, 그녀의 거칠고 가쁘던 숨이 점차 부드러워졌다.

"자, 엉덩이 부분에는 골반이라는 뼈가 있습니다. 골반 위에는 척추가 차곡차곡 쌓여서 우리 몸을 세웁니다. 골반 위에 척추가 어떻게 세워지면 몸이 좀 편안해질 수 있을까요? 상체를 조금씩 움직여보면서 편안하다고 생각하는 곳에 상체를 가만히 일으켜 세워볼까요?"

조금 전보다 한결 편안해진 얼굴로 그녀는 자신의 몸에 집중하기 시작했다. 고요히 움직이던 그녀의 몸이 한 군데에서 가만히 멈추었다.

"어, 가슴이 아까보다 덜 아픈 것 같은데요?"

나는 그녀를 지긋이 바라보았다. 조금 전까지 동그랗게 말려 있던 그녀의 어깨와 척추가 부드럽게 펴져 있었다. 숨은 훨씬 더 고요하고 부드러워졌다. 척추가 부드럽게 펴지자 바닥으로 떨구어져 있던 고개가 들리고, 이제 그녀는 자기 앞의 내 얼굴을 바라볼 수 있었다. 몸이 편안해지자 드디어 그녀는 자신의 이야기를 시작했다.

그녀는 오랜 기간 남편의 폭언과 폭행으로 힘든 시간을 보냈다. 지금은 남편과 따로 살고 있지만, 그런데도 많은 순간 그녀의 몸은 불안하고 긴장되곤 했다. 오늘처럼 낯선 사람들을 만나면 더욱 긴장되고 떨려서 제대로 할 말을 다 하지도 못했다.

특히 내과나 외과 진료를 받을 때는 별다른 이유 없이 중년의 남자 의사를 만나면 무섭고 위축되었다. 그럴 때마다 온몸이 벌벌 떨리는 상태가 되어 궁금한 것을 미처 다 물어보지 못하고 돌아와야 했다. 그녀는 그런 스스로를 무척 바보 같다고 느꼈다.

그런데 그녀가 힘든 이야기를 하면 할수록 그녀의 몸에서 무척 흥미로운 변화가 일어나고 있었다. 어느새 어깨가 다시 동그랗게 말리고 척추가 굽어졌다. 숨도 거칠어져 있었다. 그녀의 오래된 상처와 트라우마는 마음뿐만 아니라 몸에도 새겨져 있는 듯했다. 그녀의 몸이 고통의 시간을 기억하고 있었다. 트라우마 전문가 베셀 반 데어 콜크 박사는 그의 저서 《몸은 기억한다》에서 트라우마는 암호화되어 몸에 남게 된다고 말했다. 결국 트라우마가 새겨진 몸은 그 사건이 일어난 과거에서 벗어나지 못하고, 반복해서 트라우마를 재생하여 경험하게 된다는 것이다.

"아, 다시 가슴이 아파와요."

다시 그라운딩을 하자, 그녀의 자세는 폭풍에도 쉽게 부러지지 않을 나무처럼 흔들거리다가 곧게 일어났다. 숨도 부드러워졌다. 치료가 진행되면 진행될수록 나는 그녀가 바보가 아니라 누구보다 지혜롭고 강인한 여성이라고 느꼈다. 그녀는 고통을 피하지 않고 누구보다 치료에 열심히 임했다. 그녀는 온몸에서 느껴지는 미세한 근육의 움직임을 알아차리고, 작고 부드럽게 자세를 변화시켜가면서 스스로 마음을 편안하게 만들기 시작했다. 자신의 몸 안에 스스로를 위로하는 힘이 있다는 것을 그녀는 '희망'이라고 느꼈다. 그러면서 몸을 움직인다는 것은 자신에게 사랑을 주는 느낌이라고 말했다.

그렇게 일 년 남짓 시간이 흘렀다. 그녀의 삶에도 크고 작은 변화들이 있었다. 요양 보호사로 일하게 되면서 정기적인 수입도 생겼다. 그녀는 이제 자신의 삶을 스스로 일궈나간다는 자신감을 얻으면서 하고 싶은 말도 단호한 목소리로 할 수 있게 되었다.

"요즘은 가슴이 아프진 않으세요?"

"가슴이요? 그러게요. 언제부터인가 안 아팠던 것 같네요."

진료실에 앉아 있는 그녀의 모습을 바라보았다. 의자에 앉아 있는 그녀의 척추는 부드럽게 하늘을 향하고 있었고, 어깨는 햇살과 바람이 있는 곳이면 어디든 뻗어나갈 수 있는 나뭇가지처럼 펼쳐져 있었다. 그녀는 어느새 거칠고 척박한 땅에서 뿌리를 내리고 모진 풍파를 견뎌낸 한 그루 나무가 되어 있었다.

트라우마라는 폭풍이 남긴 상처는 여전히 그녀의 몸과 마음 곳곳에 새겨져 있었다. 그럼에도 불구하고 그녀는 이제 폭풍 속에서도 스스로를 일으켜 세우는 법을 알고 있었다. 모진 세월 속에서도 그녀를 일으켜 세운 것은 그녀의 몸과 마음, 바로 그녀 자신이었다.

과거에서 빠져나와 지금 여기로

회복탄력성

"다리에… 나도 모르게 자꾸 힘이 들어가요."

P씨가 걸음을 걷다가 갑자기 두렵다는 듯이 말했다. 그녀는 수시로 찾아오는 불안과 공포를 다루기 위해 일대일로 진행되는 소마움직임 프로그램에 참여했다. 그녀는 금방이라도 도망가야 할 것 같은 다급함으로, 그리고 도망가도 아무 소용없을 거라는 무력감이 뒤섞인 표정으로 나를 쳐다보았다. 그녀의 얼굴에서 이내 무거운 체념의 그림자가 드리워졌다.

그녀가 조심스레 입을 열었다.

"어서 도망가야 할 것처럼 자꾸 다리에 힘이 들어가요…."

지금 여기, 움직임 프로그램이 진행되고 있는 이 작은 공간에는 그녀와 나 단 둘뿐이었다. 따라서 그녀가 도망가야 할 이유는 하나도 없었다. 함께 있는 나는 지금 여기, 이 치료의 공간에 있었지만, 그녀의 마음은 공포로 가득했던 '그날'로 돌아간 듯했다. 그녀의 몸은 여기에 있어도 마음은 다른 곳에 있는 것 같았다.

'그날' 그녀는 성폭행을 당했다. 그 일을 겪은 후, 그녀는 꼼짝도 할 수 없는 상태로 병원에 실려 갔다. 당시 그녀는 자신이 분명 죽을지도 모른다고 생각했다. 그리고… 모든 것이 달라졌다. 그녀는 살아남았지만, 동시에 그녀의 많은 부분이 죽어버렸다고 느꼈다. 삶에 대한 생동감이나 희망 같은 것, 그녀 안의 살아갈 모든 힘이 꺼져버린 것만 같았다. 살아 있지만 죽은 것 같은 시간을 그녀는 '간신히' 견뎌내고 있었다.

어떻게 그녀를 과거에서 현재로 데려올 수 있을까? 일단 움직이면서 몸에서 느껴지는 감각에 집중해보기로 했다.

"자, 이제 다시 걷는 것에 한번 집중해볼까요? 양 발바닥이 어떻게 움직이고 있는지 관찰해봅시다. 양쪽 발을 번갈아가며 발뒤꿈치부터 발끝까지 구르듯이 걸어볼까요? 무릎을 살짝 구부려도 보고, 펴서 걸어보기도 해보세요. 자, 몸 안에서 어떤 일이 일어나고 있나요?"

그녀의 자세가 엉거주춤 이상해졌다. 살금살금 도망가는 자세라고 해야 할지, 누군가에게 장난을 치려고 몰래 다가가는 자세라고 해야 할지, 딱히 뭐라고 표현하기 힘든 애매한 자세가 되어버렸다.

"음… 좀, 웃긴데요?"

그녀가 재미있다는 듯 희미하게 웃음을 띠며 말했다. 어두운 표정에서 빛줄기처럼 새어나오는 그녀의 웃음이 보였다. 그녀의 웃음 띤 표정에 비로소 안심할 수 있었다. 이제야 그녀가 과거로부터 걸어 나와 '지금 여기에' 존재한다는 것이 느껴졌다.

"네, 좀 웃길 수도 있어요. 그냥 그런대로 한번 걸어보세요."

그녀는 조금 더 평온한 얼굴로 걷고 있었다. 우스꽝스러운 걸음은 이제 산책을 하듯 부드러운 걸음으로 조금씩 바뀌어 가고 있었다.

"지금 이 공간에서 걷는 게 조금씩 편안하게 느껴져요. 앞으로 한 걸음씩 걸어가기 위해 다리에 힘이 들어가는 것 같아요."

그녀의 다리에서 느껴지는 힘은 무엇일까? 어쩌면 그 힘은 단순히 위험으로부터 도망치기 위한 공포와 긴장이 아니라, 그녀가 트라우마의 기억으로부터 벗어나 '지금 여기'로 나아가기 위한 몸의 용기가 아니었을까.

유난히 환자들이 많았던 어느 날이었다. 한 시간 넘게 기다린 그녀가 진료실에 들어왔다. 웅성웅성 사람들이 많은 대기실에서 한 시간을 버티는 일이 쉽지 않았을 텐데, 그녀의 얼굴에는 알 수 없는 미소가 번져 있었다. 나는 그녀의 웃음이 의아했다.

"뭔가요, 그 웃음의 의미는?"

"그동안 하루하루 사는 것이 너무 힘들었어요. 한 시간 넘게 진료를 기다리는 중에도 끊임없이 죽고 싶다, 치료고 뭐고 다 그만두고 싶다고 생각했어요. 그러다가 간호사가 제 이름을 불렀는데, 나도 모르게 내 몸이…, 내 다리가… 스스로 진료실로 걸어가고 있는 거예요. 아, 내가 살고 싶었나보다. 정말 살고 싶었나보다 생각했죠."

그 순간, 울컥 가슴속에 뜨거운 것이 치미는 것 같은 느낌이 들었다. 어쩌면 서늘해 보이는 그녀에게도 살아내야 한다는 뜨거운 힘이 숨어 있었는지도 몰랐다. 그녀의 마음은 순간순간 죽고 싶다고 했지만, 그녀의 다리는 온몸으로 살고 싶다고 말하고 있었다. 지금도 여전히 그녀는 불행한 과거 속에서 지낸다고 했다. 아직도 '그날'에 머무르며 끝없는 악몽에 시달리는 날도 있었다. 그럴 때면 진통제를 집어삼킬 정도로 강한 근육의 긴장과 통증으로 고통스러워했다. 통증을 일으킬 정도로 강한 긴장은 다른 한편으로는 자신을 지켜내기 위한 그녀의 힘을 의미하기도 했다.

자기 안에 깃든 몸의 힘을 느끼면서 그녀는 달라지기 시작했다. 이제 용기를 내어 자기 자신에게 일어났던 폭력의 부당함에 대해 이야기하고, 가해자가 적법한 처벌을 받을 수 있도록 목소리를 내기 시작했다. 그녀는 폭력의 희생자에서 자신의 보호자로서 변화해가고 있었다.

이제 그녀의 두 다리가 든든한 보호자가 되어주었다. 어쩌면 그 다리의 힘은 몸 안에 숨어 있었던 그녀의 회복탄력성(Resilience)인지도 몰랐다. 그동안 쉬이 발견할 수 없었던 회복탄력성은 그녀의 몸 안에 있었다.

회복탄력성이란 크고 작은 역경을 이겨내는 힘을 의미한다. 대개는 어려움에 적응할 수 있는 심리적, 사회적인 자원을 가리키는 말로 영성, 삶의 목적, 감사, 긍정성, 유머 등이 흔히 개인의 회복탄력성을 구성하는 요소이다. 그녀에게는 바로 두 다리가 삶의 어려움으로부터 그녀를 일으켜 세워준 신체적 회복탄력성이었다.

나는 그녀의 다리를 바라보면서 마음속으로 응원했다. 그녀가 다리 안에 숨겨두었던 그 힘으로 과거로부터 빠져나와 뚜벅뚜벅 자신만의 삶으로 걸어 나오기를, 그리고 언젠가 용수철처럼 튀어 올라 그녀가 세상 밖으로 한 걸음 더 도약할 수 있기를.

마음이 힘들 때 몸이 보내는 신호

마음의 신체화

"의사들은 그럴 만한 이유가 없다는데, 그렇다면 제가 꾀병을 부리는 건가요?"

답답하다는 표정으로 Q씨가 말했다. 그녀는 3년 전에 이석증으로 인한 극심한 어지럼증으로 응급실을 여러 번 찾을 정도로 고생한 적이 있었다. 그 기억은 두 번 다시 경험하고 싶지 않을 정도로 인생 최악의 순간으로 남았다. 그런데 최근에 어지럼증이 다시 시작되자 두려운 마음이 들었다. 이비인후과를 찾았지만 다행히 이석증은 아니라고 했다. 답답한 마음에 신경과, 내과 진료도 받았지만 어지럼증을 일으킬 만한 뚜

렷한 원인은 없다는 소견만 들었다고 했다.

어지럼증은 여러 가지 원인에 의해 발생할 수 있는 모호한 증상이다. 다른 과에서 어지럼증을 일으킬 만한 원인을 찾을 수 없었다면, 심리적인 원인에 의한 증상을 의심해볼 수 있다.

우리 몸은 긴장을 하게 되면, 은연중에 답답한 느낌을 해소하기 위해 과호흡을 한다. 이런 과호흡이 반복되면 혈액 내 산소량이 필요량보다 많아지고, 이산화탄소 농도가 떨어지면서 어지럼증이 발생한다.

아마도 그녀의 어지럼증은 심리적인 긴장 때문인 것 같았다. 사실 그녀의 일상은 여기저기 신경 써야 할 것들로 꽉 차 있었다. 큰 사업체를 운영하고 있었고, 동시에 노환으로 거동이 힘든 부모님도 돌봐야 했다. 자녀들은 모두 장성했지만 여전히 그녀의 뒷바라지가 필요했다. 그녀 역시 누구보다 휴식과 돌봄이 절실해 보였지만, 그녀는 스스로 힘들다고 생각하지 않았다. 아니, 자신에게 돌봄을 허락하지 않아 보였다.

"다들, 그러고 살고 있지 않나요?"

그녀의 말대로 많은 사람들이 자기 삶의 무게를 짊어지고 산다. 그렇더라도 그 삶의 무게를 함부로 가볍다고 말할 수는 없다. 지금 그녀에게는 무거운 삶의 짐을 잠시 내려놓고 쉬어 가는 시간이 필요해 보였다. 어쩌면 그녀의 몸부터 쉬는 법을 배워야 할 것 같았다.

그녀는 내 제안으로 소마움직임 프로그램에 참여했다. 움직임 작업을 하는 첫날, 그녀는 의자에 앉은 채로 상체와 머리를 바닥을 향해 가만히 숙여, 척추의 길이와 상체의 무게를 느껴보는 자세를 하고 있었다. 그녀는 있는 힘껏 상체를 숙이더니 "어지럽다"고 말했다.

"선생님, 이렇게 움직이면 좀 더 어지러운데요. 어떻게 하면 좋죠?"

"지금보다 덜 숙여보면 어떨까요?"

"좀 낫긴 한데, 그래도 여전히 어지러워요."

"그럴 때는 잠시 움직임을 멈추고 쉬어보면 어떨까요?"

"어, 선생님, 정말 그래도 되는 건가요?"

"네, 물론이죠. 지금 이 순간, 중요한 것은 동작을 완벽하게 완성시키는 것이 아니라, 내가 힘든 순간을 잘 알아차리고, 언제든 멈추고 쉬는 법을 배우는 거예요"

어지럽다고 느끼는 것은 지금 그녀가 버겁고 힘들다는 것을 알려주는 '몸의 신호'였다. 힘들 때는 속도를 늦추거나 덜 하고, 그래도 힘들다면 잠시 멈출 필요가 있었다. 그렇게 그녀는 애를 써서 움직이는 것이 아니라, 힘들 때면 언제든 늦추고 멈추는 법을 배워가기 시작했다. 이것은 곧 자신을 돌보는 과정이기도 했다.

이후 움직임 작업을 꾸준히 해도 어지럼증은 쉽게 사라지지 않았다. 대신에 어지럼증이 찾아올 때마다 잠시 하던 일을 멈추고 쉬기를 반복했다. 그녀는 어지럼증에 '멈춤'과 '쉬기'로 대처하면서 조금씩 두려움이 잦아들기 시작했다. 시간이 흐르면서 '멈춤'과 '쉬기'는 그녀가 자신을 돌보는 삶의 방식으로 진화해갔다.

"이제 어지러우면 아, 쉬어야겠다 싶어서 집 앞 텃밭에 나가요. 거기에 가면 땅을 뚫고 얼굴을 내민 어여쁜 것들을 볼 수 있어요. 그러면 기분이 한없이 평안해져요."

그녀의 어지럼증은 꾀병이 아니었다. 그것은 그녀가 그동안 얼마나 애를 쓰면서 살아왔는지 보여주는 절박한 '몸의 신호'이기도 했다. 버거운 삶의 무게는 그녀에게서 편히 쉴 수 있는 시간을 빼앗고, 오랜 기간 긴장하게 만들었다. 오랜 긴장은 그녀의 몸을 힘들게 했다. 지치고 고단했던 마음은 완벽하게 감춰지지 못하고, 결국 어지럼증이라는 몸의 증상을 통해 드러나게 되었다.

이렇게 그녀의 어지럼증에는 말하지 못한 이유가 있었다. 그 이유를 이해하게 되자, 그녀는 어지럼증에 더 적극적으로 대처해가기 시작했다. 이제 그녀에게 어지럼증이란 자신에게 관심을 더 기울이고, 자신을 먼저 돌보라는 소중한 몸의 신호로 다가왔다. 지금도 어지럼증이 다 사라지지 않았지만, 더 이상 그것이 그녀의 삶을 망치거나 방해하지는 않았다.

"요새 어지럼증은 어떠세요?"

"선생님, 이제 제가 드디어 어지럼증과 사이좋게 지내는 법을 터득한 것 같아요."

"어떻게요?"

"여전히 공장에도 나가고, 시어머니도 돌보고, 아이들에게도 신경을 써야 해요. 그러다가 어지러워지면 남편에게 말해요. 이제 그만 들어가서 쉬어야겠다고…. 그러고는 밭으로 뛰어가요. 자라나는 식물들을 보면 금세 행복해지죠."

그녀가 짊어지고 있는 삶의 무게는 여전히 버겁고 무겁다. 그러나 이제 몸이라는 든든한 존재와 사이좋게 그 무게를 나누어지고 있다. 세상에서 가장 가깝고도 안전한 친구, 이제 몸이 그녀에게 그런 친구가 되어가고 있다.

몸은 삶을 담는 그릇

삶에 대한 존중

"한쪽 어깨 너머 뒤를 한번 보시겠어요?"

다양한 사람들과 '어깨 너머 뒤를 돌아보기' 움직임 작업을 해보았다. 참여자들은 내 안내에 따라 저마다 다른 모양으로 몸을 움직였다. 어떤 사람은 왼쪽으로, 또 어떤 사람은 오른쪽으로 먼저 몸을 돌렸다. 어떤 사람은 있는 힘껏 몸을 비틀어 뒤를 돌아보았고, 또 다른 사람은 과연 움직이는 것이 맞을까 싶을 정도로 아주 작게 움직였다.

다른 누군가는 몸이 움직이기 전에 서둘러 눈이 뒤를 돌아보며 있는 힘껏 뒤따라오는 몸을 당기기도 했다. 머리와 시선을 느릿느릿 움직이는 사람도 있었다. 사람이 다른 만큼 저마다 다른 움직임이 있었고, 느끼는 것도 제각각 달랐다. 한 사람의 움직임이라도 시시각각으로 달라지기도 했다.

"앗, 저는 왼쪽보다 오른쪽으로 뒤돌아보는 것이 더 멀리, 더 넓게 보여요."

"저는 왼쪽으로 움직이는 것이 훨씬 부드러워요."

"이렇게 움직이니 저는 어깨가 아픈데요?"

"온몸을 이용해서 움직여보니 조금 움직임이 편안해졌어요."

"저는 오히려 어깨 긴장이 풀리면서 좀 편안해졌어요."

움직임 작업을 하다보면 사람들의 수만큼 움직임도 그만큼 다양하다는 걸 새삼 느끼게 된다. 똑같은 움직임을 안내했는데도 얼마나 다양한 움직임이 생겨나는지, 또 서로 얼마나 다른 감각을 느끼고 있는지 참 놀랍고, 신비롭기까지 하다. 사실 움직임에는 정답이 없다. 취향에 정답이 없듯이 그저 내 몸에 맞는 움직임만이 있을 뿐이다. 그래서 누군가를 따라 움직이려고 애쓸 필요가 없다. 사람들의 움직임을 보면서 이런 다양함이 소중하고 아름답다고 생각했다. 언젠가 S선생님이 말했다.

"처음에 요가 선생을 시작할 때는 수강생들의 움직임을 똑같이 내 생각대로 만들고 싶은 마음이 생겼어요. 그 마음을 내려놓는 데 무척 오랜 시간이 걸렸어요. 그들의 몸이 내 몸과 다르다는 사실을 이해하지 못했던 거죠."

S선생님 생각에는 서로 다른 몸을 '있는 그대로' 수용하고 존중하려는 마음이 담겨 있었다. 몸에 대한 수용과 존중은 곧 그 사람의 삶에 대한 존중으로 이어진다. 만약 상대방에 대한 존중이 어렵게 느껴진다면 그의 몸부터 존중하려는 노력도 해볼 만하다.

우리는 사는 동안 수없이 뒤를 돌아보는 움직임을 해왔고, 또 해나갈 것이다. 그러니 뒤를 돌아보는 사소한 움직임에도 그 사람의 역사가 담겨 있다고 볼 수 있다.

그렇다면 나의 움직임에서 나는 어떻게 보일까? 잠시 비난의 목소리를 내려놓고 내 몸이 하는 이야기에 귀를 기울여본다. 몸은 각자의 삶에 대해 귀중한 이야기를 들려준다. 내가 무엇인가를 잘해내기 위해 몸의 어느 부위를 애쓰며 지내왔는지, 그 결과 어디가 아프게 느껴지는지 몸은 '말없이' 말해준다. 지금 내가 지쳐 있는 상태인지, 혹은 긴장하고 불안해하는지도 솔직하게 말해준다. 하지만 마음은 때때로 나를 속인다.

"괜찮아, 이런 것쯤 견딜 수 있어." "난 힘들지 않아."

마음은 견딜 수 없는 순간에도 "견딜 수 있다"고 말하지만, 몸은 나에게 거짓말을 못 한다. 그런 몸도 마음의 비난이 거세지면 자신의 존재를 숨기기도 했다. 그럴 때면 나는 아픈 줄도 모르고 뭔가를 계속했다.

내가 몸 작업을 하면서 만난 수많은 사람들도 그랬다. 공황 발작이 올 때까지 밤새도록 일하며 지내왔던 분도 있고, 엄한 시어머니에게 수년간 말 한마디 못한 채 지내다가 시어머니가 돌아가시자 몸져누운 분도 있었다. 모두들 삶을 살아내기 위해 자신의 몸은 숨죽여 그 시간을 견뎌내야 했다. 하지만 이제는 몸이 아프다고 하는 이야기를 들어야 한다.

"그동안… 내가 너무 몸을 혹사하며 살았나봐요."

몸의 이야기를 듣고 많은 사람들이 자신이 생각했던 것보다 너무 많이 애쓰며 살아왔다는 것을 뒤늦게 깨닫는다. 그 순간에 중요한 것은, 바로 자기 자신을 돌보는 일을 시작하는 것이다.

몸은 삶을 담아내는 그릇이다. 중국에서는 오래되어 이가 빠진 찻잔이나 그릇에 음식을 담아 귀한 손님을 대접한다고 한다. 아마도 오래된 그릇이 그 집의 손때 묻은 역사를 담고 있어서 새 그릇보다 더 귀중하다는 의미일 거다.

몸은 한 사람의 삶을 담고 있는 오래된 그릇과 같다. 모두 각자 다른 생김새를 가진 몸으로 태어났으며, 삶의 여정에 따라 그 쓰임새와 모양새가 끊임없이 변한다. 모두의 삶에 정답이 없듯이, 올바른 자세와 움직임에 대한 정답도 없다. 그저 내 몸이 전하는 이야기에 귀를 기울이며, 어떤 자세와 움직임이 나에게 더 부드럽고 편안한지 끊임없이 질문을 던져야 할 것이다. 어쩌면 그 질문은 '내가 어떻게 살아야 하는 것인가'라는 질문과도 맞닿아 있을 것이다.

몸의 민낯 앞에서

● 연민과 몸

어느 봄날, S선생님과 탈북민을 위한 움직임 프로그램을 진행하기 위해 아침부터 서울 근교로 길을 나섰다. 탈북민들의 정신건강을 오랫동안 돌보아온 동료 정신과 선생님에 따르면, 많은 탈북민들이 스트레스로 인한 신체 증상을 호소한다고 했다. 그래서 우리는 이번 움직임 프로그램이 탈북민들의 스트레스 해소에 조금이나마 도움이 되기를 기대했다.

사실, 나는 그전까지 탈북민들을 직접 만나본 적이 없었다. 여기 한국 땅에 오기까지 그분들이 얼마나 큰 어려움을 겪었을지, 감히 상상하기도 힘들었다. 어쩌면 그 험난한 과정 속에서 '트라우마'라고 불릴 정도로 큰 심리적인 후유증이 남지는 않았을까? 이런 걱정을 안고 탈북민들을 만나러 갔다.

우리가 프로그램을 진행했던 곳은 탈북민들이 머물고 있던 오래된 작은 호텔 지하 회의실이었다. S선생님과 나는 그곳에 묵은 먼지를 털어 요가 매트를 깔고 프로그램을 준비했다. 이윽고 프로그램에 참여할 탈북민들이 하나둘씩 들어왔다. 대부분 중년으로 보이는 여성들과 어린아이들이었다.

차갑고 어두웠던 지하 회의실이 갑자기 왁자지껄 활기가 넘쳤다. 웃고 떠들며 요가 매트 위에 사람들이 앉는 사이, 냉기로 가득하던 공간에 갑자기 훈기가 돌았다.

S선생님의 안내에 따라 참여자들은 움직임에 집중하다가도 서로의 모습을 보며 까르르 웃음을 터뜨렸다. 이들의 밝은 에너지에 어두운 지하 공간에도 반짝 햇살이 내비쳤다. 아이들은 움직임을 하다가 지루하다는 듯 몸을 배배 꼬거나 이리저리 공간을 마음대로 들락날락하기도 했다. 봄 햇살에 꾸벅꾸벅 조는 아이들도 보였다. 어수선하고 시끌시끌했지만, 어느 시골마을 부녀회에 초대된 것 같은 따뜻한 활기가 넘쳐흘렀다.

탈북민들은 내 상상을 제대로 비켜갔다. 이들은 내가 상상했던 트라우마 피해자의 모습이 아니었다. 그보다는 온갖 고난과 역경을 견뎌내고 살아남은 삶의 승리자들의 모습이었다. 어떤 증상들로 힘들어하는 분들일까, 고심하며 잔뜩 긴장했던 내가 무색해질 정도였다. 이들의 모습은 기대 이상으로 밝고, 따뜻하고, 생명력이 넘쳐 보였다.

반면에 탈북민들 속에서 나는 지나치게 얼어붙고 긴장되어 있었다. 이들은 자신들만의 방식으로 이 시간을 즐기고 있었지만, 나는 그렇지 못했다. 혹여 무능한 진행자로 보이지나 않을까, 프로그램에 대한 만족도나 평가가 나쁘면 어떻게 하나, 근심과 걱정으로 잔뜩 움츠려 있었다.

프로그램이 끝나고 밖으로 나오자 완연한 봄기운이 온몸으로 쏟아졌다. 그냥 집으로 돌아가기 아쉬워서 S선생님과 간단히 점심식사를 했다. 밥을 먹으며 프로그램에 대해 이런 저런 이야기를 나누었다. 탈북민들을 돕기 위해 나선 길이었는데, 오히려 그분들에게서 에너지를 얻고 가는 느낌이 들었다. 어떤 말로도 표현하기 어려운 삶의 의지, 생명력에 대한 경외감에 약간 멍한 상태가 되었다. 그러다 S선생님이 물었다.

"그런데 선생님, 가운데 앉아 있던 빨간 점퍼 입으신 분이요. 그분은 정말 트라우마 증상이 있는 분인가 봐요. 표정이 너무 심각하고, 몸에서도 긴장이 느껴져서요."

"빨간 점퍼 입으신 분이요?"

"그분… 정신과 선생님이신데요."

"네에?"

"저희 프로그램 궁금하다고 같이 참여하신다고 하셨어요."

"아…."

우리는 동시에 웃음을 터뜨렸다. 아마도 온종일 프로그램 진행에 대한 실무를 도맡아하시느라 어지간히 힘드셨던 모양이었다. 단체로 먼 길을 따라나서야 하는 행사에 혹여 사고나 문제가 생기지나 않을까 매순간 긴장을 놓지 못하셨을 것이다. 그런 선생님을 생각하니 안쓰러운 마음이 들었다. 그러면서도 프로그램을 혹여 망치지나 않을까 노심초사했던 내 모습이 떠올랐다. 불안과 긴장은 때때로 사람을 가리지 않고 찾아온다. 그것은 정신과 의사에게도 마찬가지였다. 마음은 늘 내색하지 않고 태연한 척 애쓰지만, 내 몸까지 속이기는 어려웠다.

“참, 신기하죠. 몸은 거짓말을 못 해요.”

“네, 그런가 봐요”

얼마 전, 정신과 동료 선생님들과 진행했던 움직임 워크숍을 떠올렸다. 늦은 저녁에 다들 트레이닝복을 입고 매트 위에 모여 앉았다. 그중에는 나보다 훨씬 연배가 높은 분들도 있었다. 우리는 매주 만나 각자 자신의 몸에 대해 알아가고, 그 경험들을 같이 나누었다. 내 마음 같지 않은 움직임을 해보려다가 서로 웃음이 터져 나오고, 이런 자리가 아니라면 어려울 몸에 대한 내밀한 이야기도 나눴다.

모두들 저마다 다른 몸을 갖고 있었지만 그 다른 몸들이 경험하는 것 중에는 보편적인 것들도 있었다. 그들도 나처럼 일을 많이 하면 피곤해했고, 오랜 시간 앉아 있으면 허리와 어깨 통증으로 고생하고 있었다. 어쩌다 내 몸의 뻣뻣함과 유연함에 대해 말하면, 아이처럼 좋아하고 공감을 건네기도 했다. 평소 학회나 연구실, 병원 등 진지한 자리에서 만나면 쉽게 말도 걸지 못할 분들도 있었지만, 움직임 워크숍에서 트레이닝복 차림으로 만나는 그분들은 동네 마실에서 만난 친구들처럼 편안하게 느껴졌다.

몸은 나에게 사람에 대한 친근감과 연민을 가르쳐준다. 몸으로 만나는 자리에서는 누구라도 그저 몸을 가진 한 사람일 뿐임을 깨닫는다. 사회적으로 덧씌워진 갖가지 허울을 벗고, 몸 앞에 서면 모두가 동등한 사람이라고 느껴진다. 넘치는 생명력에 무한한 존경심을 보내기도 하지만, 그들도 나처럼 힘들고 아플 수 있다는 생각에 연민도 생긴다.

나는 이런 몸의 말간 민낯 같은 느낌이 좋다. 누군가 미워지거나 한없이 두려워지면 그렇게 생각하려고 한다. 그도 나와 같은 민낯 같은 몸을 가진 존재라는 것을….

서로 다른 공간에서 움직이는 몸들

● 연대감과 몸

서로 다른 공간 속에 갇혀 있는 몸들, 이런 상황에서 우리는 무엇을 함께 할 수 있을까?

저녁을 먹고 8시 정각에 컴퓨터 앞에 앉았다. 화상회의 공간인 줌(Zoom) 화면에 사람들의 얼굴이 하나둘씩 보이고, 얼굴 뒤로는 각자 실제로 머무르는 공간이 풍경처럼 펼쳐졌다.

오늘 밤, 줌이라는 공간에서 일곱 명의 심리학 전공 대학원생들과 몸 작업을 하기로 했다. 몸을 활용한 정서조절 프로그램 개발을 위해서다. 코로나로 인해 오프라인에서 함께 모일 수 있는 인원이 제한되는 상황이 계속 이어지면서 줌 공간에서라도 모이게 되었다.

전에 S선생님이 화상으로 진행하는 소마틱스 수업에 참여한 적이 있어서 오늘 모임도 화상으로 몸 작업을 해보기로 했다. 한 번도 경험해보지 못한 방식이라 걱정도 없지 않았다. 책 한 권 크기의 작은 화면이 사람들의 움직이는 모습을 제대로 담을 수 있을까? 또, 움직임에 따라 각자 자신의 몸에서 무엇이 느껴지는지, 몸 상태는 어떠한지 생생하게 전할 수 있을까?

일단 제한된 상황에서라도 우리가 할 수 있는 일을 시도해보는 수밖에 없었다. 새롭게 시도하는 일에 장점도 있었다. 무엇보다 많은 사람들이 모이기 위해 이동하는 시간을 줄일 수 있었고, 또 몸을 이완시키기 좋은 밤늦은 시간에 만날 수 있었다.

"자, 이제 몸을 움직여볼까요?"

안내가 시작되자 화면 안에서 사람들이 조금씩 움직이기 시작했다. 모두 같은 안내에 따라 움직였지만 각자 몸에 따라, 각자의 공간에 따라 움직임은 비슷한 듯 다르게 보였다. 서로 다른 공간에서 우리는 함께 움직이면서 각자 자신의 몸과 움직임에 집중하고 있었다.

모니터 안에서 펼쳐지는 다양한 움직임들이 새삼 신비롭게 다가왔다. 이제껏 한 번도 볼 수 없었던 광경이었다. 랜선을 타고 흘러나오는 한 사람의 목소리를 듣고 각자 다른 공간에서 많은 몸들이 자유롭게 움직이고 있었다. 다양한 몸들이 담아내는 아름다운 움직임의 변주가 모니터 안에서 펼쳐지고 있었다.

그 움직임을 보자, 문득 초등학교 시절 운동회가 떠올랐다. 청팀 백팀으로 경쟁을 하다가도 운동회의 마지막 시간은 늘 전교생이 모두 참여하는 춤(아마도 마스 게임이라고 불렀던)으로 끝났다. 당시 그 광경을 3층 교실에서 내려다보면서 엄마는 울컥 눈물이 날 것 같았다고 말했다. 뙤약볕이 내리쬐는 운동장 한복판에서 춤을 추고 있었던 나는 당시에는 그런 엄마의 말을 이해할 수 없었다.

돌이켜보면, 그때 우리는 서로 다른 작은 몸으로 똑같은 춤을 추기 위해 무던히도 노력했다. 당시 나는 전체의 한 부분이었지만, 전체 속에 내가 없다고 느꼈다. 잠시 대열에서 벗어나면 곧 선생님의 불호령이 떨어졌고, 원하는 대로 나답게 움직이기 시작하면 혼이 나던 시절이었다. 그렇게 똑같이 춤을 추고 나면 종일 온몸이 욱신거리며 아팠다.

다시, 모니터 속에서 펼쳐지는 기묘한 군무를 바라보며 그때 엄마의 마음을 생각했다. 내가 전체 속에 나를 우겨넣고 있을 때, 엄마는 춤추고 있는 나와 내 친구를, 그리고 수많은 아이들의 움직임을 헤아리고 있었을지도 몰랐다.

군무도 한 사람, 한 사람이 추는 춤으로 완성된다. 그 한 사람의 몸들이 없었다면 군무의 아름다운 움직임도 존재할 수 없다. 이런 생각에 미치면 한 사람, 한 사람이 더 애틋하게 다가온다. 이름도 모르는 그 한 사람은 어떤 몸과 마음으로 춤을 추었을까. 어떤 사람은 온종일 지치고 힘들었을 자신을 달래기 위해 추었을지 모른다. 또, 외로움을 잊기 위해 춤을 춘 사람도 있었을 것이다. 모두 각자의 아픔을 안고 전체의 춤을 완성했을 것이다. 이런 움직임에 대한 상상은 사람들을 향한 연민으로 번져갔다.

다시, 모니터로 눈을 돌리니 마치 컴퓨터 앞에서 현대판 군무가 펼쳐지는 듯했다. 원시인들이 고된 사냥과 채집의 시간을 끝내고 모두 모여 함께 춤을 추었듯이, 지금 여기 사람들도 고된 하루를 보내고 컴퓨터 앞에 둘러앉아 함께 움직이고 있었다. 함께 움직이며 고된 하루를 보낸 자기 자신을, 또 누군가를 위로하고 응원했다.

이제 다시, 참여자들이 자신의 공간에서 제각기 걷고 있는 것이 보였다. 팔을 가볍게 흔들며 걷는 사람도 보이고, 바닥으로 고개를 떨구고 걷는 사람도 있었다. 어떤 사람은 저 멀리 어딘가를 바라보며 걷기도 했다. 화면 안에서 모두가 각자의 걸음에 집중하고 있었다.

움직임이 끝난 후, 다 같이 컴퓨터 앞에 둘러앉아 서로 느낀 것을 이야기했다. 다른 공간에서 함께 몸을 움직인 사람들은 비슷한 것을 느끼기도 하고, 다른 것을 느끼기도 했다. 따로 또 같이. 우리는 서로 '다른' 공간에서 '함께' 움직이고 있었다.

움직임이 주는 위로

상처와 몸

"빨리빨리, 어서어서!"

마음이 서두르고 있다. 마음이 서두르자 몸도 같이 조바심이 났다. 허둥지둥 가운을 입고, 필요한 것을 챙겨서 뛰어가다가 책상에 허벅지를 쿵, 부딪쳤다. 통증이 느껴졌다. 그런데도 마음이 다시 재촉했다. 서둘러 걸음을 옮겼다. 또각또각 구두 굽 소리가 복도에 울려 퍼졌다. 두 다리가 거칠게 움직이고 있었다. 저 앞에서 사람들이 다가오고 있었지만, 마음은 보지 못했다. 급한 걸음을 걷다가 어깨가 퍽 하고 앞사람과 부딪쳤다. 미안하다고 말했는지도 기억이 잘 나지 않았다.

가까스로 진료실 책상에 앉았다. 바퀴 달린 의자에 털썩 주저앉아 컴퓨터를 켰다. 내가 분주히 움직이자, 의자 바퀴도 굴러가며 불쾌한 소음을 냈다.

손가락이 분주히 움직이고, 팔과 연결되어 있는 어깨가 서서히 굳으며 동그랗게 말려갔다. 내가 손가락을 움직이자 키보드가 히스테리를 부리듯 떽 소리를 내기 시작했다. 이따금씩 손에 쥐고 있던 볼펜 버튼이 신경질을 내며 똑딱거렸다. 나의 움직임이 점점 거칠어지고 사나워졌다. 내가 키보드와 마우스, 의자와 책상 등 주변의 것들과 싸우는 사람처럼 변해가고 있었다.

그때 진료실에 R씨가 들어왔다. 그녀 역시 뭐가 마음먹은 대로 잘 풀리지 않는 나날이 지속되는 듯했다. 어린 딸이 몸살로 심하게 아팠고, 그녀도 몸 여기저기 아프고 힘들었다. 이혼하고 난 뒤, 이 모든 상황을 온전히 혼자 감당해야 하는 삶이 버겁게 느껴지는 듯했다. 이야기를 하고 있는 그녀의 숨이 점점 더 거칠어졌다. 이내 눈물이 흐르기 시작하고, 서둘러 눈물을 닦는 손이 덜덜 떨렸다.

"아, 대체 왜 이러는 거야. 정말!"

그녀는 뚝뚝 눈물을 흘리면서도 동시에 적개심이 가득한 목소리로 들릴 듯 말 듯 혼자 중얼거렸다. 누구도 원망할 수 없었던 그녀가 스스로에게 화를 내고 있었다. 눈물을 닦던 손이 더 거칠게 떨리기 시작했다. 숨을 몰아쉬자 어깨가 거칠게 들썩거렸다. 그녀는 다시 자신에게 윽박지르기 시작하는 듯했다. 어떤 말로도 진정이 되지 않자, 나는 그녀의 몸에게 가만히 말을 걸고 싶어졌다.

"의자 바닥에 닿아 있는 내 몸에 가만히 주의를 기울여보시겠어요? 양쪽 골반이 의자 바닥에 어떻게 닿아 있나요? 혹시 한쪽 골반이 다른 쪽 골반보다 더 많이 닿아 있나요?"

"아, 네. 오른쪽 골반이 좀… 기울어져 있는 듯해요. 제가 그래서 허리가 아픈 걸까요?"

"음… 글쎄요. 한번 좌우로 양쪽 골반에 무게이동을 해보면서 양쪽 골반이 바닥에 가만히 균등하게 닿도록 해보시겠어요?"

그녀의 상체가 거칠게 흔들리며 움직이기 시작했다. 그녀의 옆구리가 성이 난 듯 골반을 확 잡아채 끌어올리더니, 양쪽 골반이 거칠게 들썩들썩 움직였다.

"네. 전 이렇게 움직일 때마다 골반이 너무 아파요. 제가 왜 이러는 걸까요?"

그녀가 흐느끼며 말했다. 그녀의 어깨와 가슴도 힘겹게 들썩거렸다. 그녀가 숨을 헐떡였다.

"골반 위에는 척추가 차곡차곡 탑처럼 쌓아올려지며 상체가 세워집니다. 흉곽이 좀 더 부드럽게 넓어지려면 내 상체를 골반 위에 어떻게 두면 좋을까요? 상체를 앞뒤로 움직여보며 나에게 편안한 위치를 찾아보시겠어요?"

그녀의 몸이 다시 움직였다. 마치 누가 거칠게 앞뒤로 미는 것 마냥 몸이 움직이고 있었다. 분명 그녀 혼자 움직이고 있는데, 꼭 누군가가 그녀를 함부로 밀거나 때리고 있는 듯한 느낌이 들었다. 마치 누군가 그녀를 학대하는 모습을 보고 있는 것 같았다. 문득, 그녀가 울며 힘겹게 꺼냈던 어린 시절 이야기가 떠올랐다.

그녀는 아동학대의 생존자였다. 그녀의 부모는 자신의 불행을 모두 그녀의 탓으로 돌리며 어린 그녀를 때리고 욕했다. 부모로부터 받았던 학대는 그녀의 몸에 고스란히 남아 거칠고 험한 움직임으로 재현되는 듯했다. 명백히 그녀의 잘못은 아무것도 없었다. 그런데도 그녀는 수없이 스스로를 탓하며 살아왔다.

"자, 이제 조금 다른 방식으로 움직여보세요. 조금만 더 느리고, 천천히, 아주 작고 미세하게 움직여볼까요? 아까는 너무 팍팍, 확확, 움직이셨어요."

그녀가 아까보다 훨씬 더 부드럽게 천천히 움직이기 시작했다. 골반과 골반으로부터 뻗어 올라간 척추가 함께 리드미컬하게 움직이더니 스르륵 멈추었다.

"지금은 좀 어떠세요?"

그녀가 말없이 다시 움직였다. 좀 전보다 더 느릿느릿 부드럽게 움직임이 시작되었다가 다시 가만히 멈추었다. 그녀의 움직임은 마치 조용히 아기를 재우기 위해 흔들리는 요람처럼 고요하고 편안해졌다. 어느새 울음도 멈추었다. 들썩이던 가슴과 어깨도 부드럽게 펴졌다.

"이제 가만히 의자 바닥에, 의자 등받이에 몸을 맡겨볼까요? 그대로 바닥에 닿은 내 몸을 느껴봅니다. 지금은 어떤 것들이 느껴지나요?"

고요한 얼굴로 눈을 감은 그녀가 말했다.

"아… 선생님, 뭔가 위로를 받는 느낌이 들어요. 태어나서 처음으로요…."

무엇이 그녀를 위로할 수 있었을까. 우는 아이를 토닥토닥

만져주며 달래주는 엄마의 움직임. 그것은 섬세하면서도 느릿하고 부드럽다. 우리는 그 따스한 움직임에 위로를 받으며 울음을 멈추고 잠을 청하기도 했다. 그런 엄마의 움직임을 한 번도 느껴보지 못하고 성장한 것은 그녀에게 불운이었다. 처음에 그녀의 움직임은 마치 싸우기 직전의 사람처럼 거칠고 경직되어 있었다. 그녀의 몸은 늘 묵은 상처와 싸우는 전쟁터와 같았다. 하지만 천천히, 부드럽게 움직이는 것을 배우기 시작하자 그녀의 몸이 그녀를 위로해주었다.

자신의 불운을 이겨나가고 있는 그녀의 몸을 보면서 나 역시도 다시 한번 배웠다. 혹독한 마음이 거센 자책의 말들을 쏟아내는 순간에도 나의 몸과 함께 걸어가야 한다는 것을, 그리고 작고 느린 움직임이 진정 거대한 힘이라는 것을.

오늘은 일단 여기까지

● 지속가능한 몸

한 달 전부터 왼쪽 가슴이 욱신거리면서 아팠다. 이유가 무엇일까. 그동안 쉴 새 없이 바쁜 날들이 이어졌다. 끊임없이 새로운 일들이 생겨났고, 몇몇 일은 내가 주도적으로 프로젝트를 기획하고 추진해나가야 했다. 함께 일하는 사람들이 늘어나면서 책임감과 부담감을 느끼기도 했다. 가끔은 내가 이 모든 것을 망쳐버리지는 않을까 불안해서 도망가고 싶은 마음도 들었다. 스트레스는 쌓이고 몸과 마음은 지쳐갔지만, 이 정도쯤은 감당해야 하는 것 아닌가 끊임없이 스스로에게 되물었다.

가슴이 쿡쿡, 쑤셔왔다. 왜 나는 모든 것이 버겁고 힘들게 느껴질까? 하지만 나의 일상은 이런 질문을 할 여유조차 주지 않았다. 어느 주말에는 종일 노트북을 끌어안고 일을 했다. 주말을 그렇게 보내고 나니, 내 몸과 얼굴은 풍선처럼 부어 있었다. 밤을 새고 나면 얼굴이 회색빛을 띠는 것은 알았지만, 얼굴이 부어오르는 것은 처음 경험했다. 새삼 내가 늙어가는 것 같았다.

S선생님에게 레슨을 받던 날, 가슴 통증에 대해 이야기했다. 아버지가 갑작스레 퇴직하시던 해에 협심증을 진단받은 적이 있어 나도 가슴 통증이 걱정되기도 했다. 한편으로 내 가슴 통증도 그동안 만나왔던 수많은 공황장애 환자들이 이야기하는 가슴 통증과 비슷하다는 생각도 들었다.

요가 매트 위에 가만히 누웠다. 그리고 가슴 한가운데 부분, 흉골에 손을 가만히 갖다 대고 숨을 쉬었다. 흉골이 숨과 함께 힘겹게 오르락내리락하는 것이 느껴졌다. 이번에는 양쪽 갈비뼈에 손을 가만히 두고 숨을 쉬었다. 숨이 들어왔다 나가려는 순간, 갈비뼈가 움직일 수 있는 범위를 넘어서자 갑자기 흉골이 덜커덕 움직이더니 가슴 부위 근육이 위로 확 당겨지며, 갈비뼈를 있는 힘껏 잡아당기려는 느낌이 들었다.

다시, 가슴이 뻐근해졌다. 부드럽게 숨을 쉴 수 있는 범위를 나도 모르게 넘어가고 있는 듯했다. 조그마한 흉곽 안에 숨이 들어가고 나갈 수 있는 공간은 한정되어 있는데, 마치 무한히 들이쉬고 내쉴 수 있을 것 마냥 몸이 애를 쓰고 있었다. 그때, S선생님이 뜬금없는 이야기를 꺼냈다.

"제가 《노화의 종말》이라는 책을 읽고 있는데요…."

"노화의 종말이요? 노화가 정말 종말이 되긴 하나요?"

갑자기 웃음이 터졌다. 어쩌면 내 몸을 바라보며 S선생님은 노화를 생각한 것인지도 몰랐다. 가끔은 늙어간다는 사실이 불안했다. 늙어간다는 증거를 하나씩 발견하면서 우울해지기도 했다. 그런데 S선생님의 뜬금없는 노화 이야기에 문득, 늙는다는 것이 '그냥, 그런 것'이 아닐까 하는 생각도 들었다. 자연의 모습을 보고 '좋다, 싫다' '옳다, 그르다' 판단할 수 없는 것처럼.

늙는다는 것, 내가 하는 일에 한계가 있다는 것, 결국에는 나에게도 끝이 있다는 것은 어쩔 수 없는 '그냥, 그런 사실'일 뿐이었다.

"누구나 할 수 있는 만큼만 하면서 사는 거야."

몸이 담담하게 말했다. 그 말을 들은 마음도 몸에 대해 더 이상 뭐라고 하지 않았다. '그냥, 그런 것'일 뿐이었다.

이제 다시 일어나 걸어보았다. 내 몸은 컴퓨터 앞에 앉아 오랫동안 키보드를 두드리는 자세로 박제된 듯했다. 오랫동안 어깨가 둥글게 말리고, 목이 저절로 구부러진 상태로 지내왔다. 목과 이어진 척추는 둥글게 구부러진 자세로 있다가 갑자기 일어나려고 하니, 이제 몸은 구부러진 자세를 펴느라 정반대로 움직이며 애쓰고 있었다. 골반과 무릎을 반대로 쭈욱 펴보려 애쓰더니, 이번에는 척추가 둥글게 말려 앉아 있던 자세를 펴서 늘려보느라 끙끙거리고 있었다.

목과 어깨는 아무리 노력해도 어쩔 수가 없었다. 너무 오래 그 자세로 있었던 것인지 그냥 화석처럼 그대로 단단히 굳어버린 것 같았다. 이제는 왼쪽 가슴을 지나 몸 뒤 부위 흉추까지 뻐근함이 느껴졌다.

"선생님, 앉아서 일하시다가 한 시간에 한 번은 일어나셔서 쉬시는 것은 어떨까요?"

S선생님이 안쓰럽다는 듯 나에게 말했다. 그러고 보니 나는 오늘 두 시간을 내리 앉아 일을 했다. 마치 무한히 일할 수 있는 사람처럼. 하루하루에는 분명 끝이 있고, 내가 하는 일에도 끝이 있을 것이다. 그리고 내 인생도 언젠가는 마지막 날이 찾아올 것이다. 그렇다면 내 몸이 부서져라 매달릴 만큼 중요한 일이 그리 많을까. 삶의 유한함을 떠올리며 나의 몸을 무한한 것처럼 소비하지 않아야겠다고 생각했다.

오늘은 일단 여기까지 끝내야겠다. 몸과 마음이 사이좋게 살아가는 지속가능한 나의 삶을 위해서 말이다.

지금 여기, 춤을 추는 내가 있어

몸과 마음, 그리고 삶

"마흔 넘어 BTS 춤을 추려는 정신과 의사는 아마 너밖에 없을 거야."

올해가 시작되면서 내 몸이 수줍게 꺼내든 버킷리스트 중 하나는 춤을 추는 것이다. BTS가 별처럼 반짝이며 추었던 춤, 어떤 이의 심장을 두 개로 녹여버릴 정도로 열정적인 춤, 그런 춤을 나도 추고 싶었다.

어느 날 갑자기는 아니었다. 마흔을 넘기면서 이제 별일 없이, 그럭저럭 하루하루를 살아갈 거라는 지루함의 그림자가 짙어질 즈음, 뜬금없이 '춤추는 나'를 떠올렸다. 그것도 BTS

의 춤이라니! 마음은 부끄럽다고 몸서리를 쳤지만, 거짓말 못하는 내 심장은 두근두근 뛰고 있었다.

대체, 나는 왜 춤을 추고 싶은 것일까? 막대사탕을 물고 건들건들 '힙'하게 놀 듯이 추던 BTS 뷔의 춤, 그것은 지금껏 내가 경험한 적 없는, 다이나믹한 몸의 움직임이었다. 지나치게 진지하고 성실하기만 했던 내 몸은 막상 BTS의 리듬을 타는 것이 낯설고 어색했다. 그러자 몸이 나에게 용기를 부추겼다.

'가만히 리듬에 귀 기울여봐. 그리고 리듬에 맞춰 몸을 움직이는 거야.'

10년 넘게 진료실 책상머리 앞에 앉아 온갖 문서와 의무기록과 씨름하며 살아왔던 나의 몸에게 '건들거림'과 '흥얼거림'은 존재하지 않는 움직임이었다. 그렇게 재미없는 몸이지만, 뷔의 춤을 따라서 움직이고 또 움직였다.

'아, 너도 춤을 좋아하고 있었구나.'

일만 하던 몸에서 춤추는 몸으로 변신하려는 내가 새로웠다. 누군가에게 보여주기 위한 춤이 아니라, 온전히 나를 위해 내 몸이 춤을 추고 있었다. 춤을 배우기로 결심한 순간, 나는 서툴고 어설픈 내 모습과 마주해야 했다.

돌이켜보면 새로운 것을 시작하려는 순간에 나는 언제나 서툴고 부족했다. 의사가 되려는 순간, 정신과 전문의가 되려는 순간, 엄마가 되려는 순간, 그리고 마흔이 넘어 BTS 춤을 추려는 순간, 이 모든 처음의 순간에 나는 늘 불안하고 힘들었다. 삶은 이렇게 처음의 순간들이 모여서 나 자신에 대해 새롭게 발견해가는 여정이 아닐까. 춤은 내가 여전히 배울 것이 많다는 사실을 알려주었다. 그리고 설레는 뭔가가 아직 나에게 있다는 것을 확인시켜주었다.

지금 나는 이십대 중반의 젊은 선생님에게 춤을 배우고 있다. 지금껏 수많은 스승들을 만났지만, 대부분은 나보다 나이가 많았다. 나보다 스무 살이나 '어린' 선생님에게 뭔가를 배운다는 것이 신선하게 다가왔다. 나이는 어려도 춤에 있어서 선생님은 분명 '고수'였다.

"휴정님, 좀 틀려도 돼요. 재미있자고 하는 건데요. 너무 애쓰지 마세요. 이 춤은 대강대강 추는 게 포인트에요."

나의 춤 선생님은 너그러이 나를 응원했다. 때로는 엄격하지 않음이 더 많은 배움을 주기도 한다. 느슨하게 즐기면서 움직여도 괜찮다고 내 안의 몸이 나에게 말했다.

"그래, 처음인데 좀 못하면 뭐 어때."

예전에는 생각하던 대로 일이 잘 풀리지 않으면, 곧잘 위축감을 느꼈다. 이제는 그런 순간이 닥치면 내가 춤을 배우고 있는 인간임을 떠올린다. 삶이 아무리 어렵고 힘들어도 어쨌거나 나는 춤을 출 수 있었다. 마흔이 넘어서도 새로운 춤을 시도하는 나의 용기가 자부심이 되었다. 비록 남들이 몰라주더라도 나는 골치 아픈 인생의 한복판에서도 춤을 출 수 있는 사람이 되어가고 있었다. 그 사실만으로도 내가 충분히 군건한 사람이라는 느낌이 들었다.

새로운 길을 가려는 순간마다 몸은 늘 내 곁에 있었다. 마음이 기억하지 못하는 순간에도, 몸은 묵묵히 쉬지 않고 움직임을 반복하면서 춤을 추었다. 시간이 흐르자 몸의 기억이 차곡차곡 쌓이면서 나의 서툰 움직임은 어느새 그럴싸한 춤이 되어가고 있었다.

"오, 맞아요. 그렇게 추는 거예요!"

나도 모르는 사이에 내 몸은 스스로 춤을 배워나가고 있었다. 새로운 춤을 배울 때마다 몸은 매번 가보지 못한 새로운 움직임의 길을 닦아나갔다. 춤을 추면서 나는 몰랐던 나 자신을 알아가는 여행을 즐기고 있었다. 어떻게 움직일까 고민하는 것은, 어떻게 살아갈까 고민하는 것으로 이어졌다. 이런 고민의 시간이 나만의 몸과 마음을 찾아가는 여정이었다.

"마음이 모른다고 느끼는 순간에도 몸은 스스로 배워가고 있어요."

S선생님은 조바심을 느끼는 나에게 입버릇처럼 이렇게 말했다. 마음이 힘들 때에도 몸은 말없이 움직이고 있었다. 우울한 마음이 다가오면 몸은 활기를 주는 움직임으로 나를 위로했다. 또 불안한 마음이 찾아오면 몸은 안정감을 주는 움직임으로 나를 다독였다. 그렇게 나는 몸으로 마음을 돌보면서 나에 대해 더 섬세하게 알아갈 수 있었다.

거울 속의 내가 구슬땀을 흘리며 춤을 추고 있다. 지금 이 순간, 어느덧 나를 괴롭히던 온갖 생각들이 사라지고, 경쾌한 리듬과 스텝만이 남아 춤으로 가득 채워지고 있다. 그렇게 내 삶이 춤이 되어가고 있다. 앞으로 삶이 마음대로 되지 않는 순간에 나는 춤을 추면서 나아갈 것이다. 어느덧, 살짝살짝 움직이는 몸이 나에게 말을 걸고 있다.

"지금 여기, 움직이는 내가 있어, 춤을 추는 내가 있어,"

어떤 순간에도 몸이 당신과 함께할 것이다

● 에필로그

그녀와 나는 치료실에서 만났다. 그녀는 불안해했고, 그런 그녀를 도울 수 없었던 나는 무력했다. 나는 그녀, 그리고 그녀의 몸과 함께 걸어보기로 했다.

"이제 같이 한번 걸어볼까요? 오른쪽 발바닥과 왼쪽 발바닥이 번갈아 구르듯이 걷습니다. 무릎은 굽히고 있나요? 펴고 있나요? 골반은 어떻게 같이 움직이고 있나요? 팔은 흔들며 걷고 있나요? 아니면 어딘가에 고정되어 있나요? 어디를 보며 걷고 있을까요? 수평선? 혹은 수평선보다 위? 아니면 아래를 보고 있을까요?"

"이제 무릎을 펴고, 팔을 편 채로 걸어볼까요? 그렇게 되면 골반이 좌우로 움직이지 않고, 마치 군인처럼 걷게 되겠죠. 그때 몸은 어떻게 느껴지세요?"

"이제 자유롭게 걸어봅니다. 빠르게도 느리게도 걸어보세요. 자신만의 속도를 찾아 걸어보세요."

우리는 그렇게 좁은 치료실 안에서 한참을 걷고 또 걸었다. 그리고 다시 마주앉았다.

"어떠셨어요?"

"제가 몸을 가진 사람이었군요. 내 몸이 움직인다는 것이… 당연한 일인데도 내 몸이 그렇게 움직여서 살아가고 있다는 것이 경이롭게 느껴졌어요."

"네, 지극히 당연한 일인데도 우리가 움직인다는 사실은 정말 경이로운 일이죠."

"네, 제가 움직이는 저와 함께한다는 것이 느껴져요. 그게 위로가 돼요"

"어떤 의미에서요?"

"길을 걷다보면 공황발작이 올까봐 두려웠어요. 혼자 남겨질까봐, 혼자 남겨져서 주저앉아 아무것도 할 수 없을까봐 무서웠어요. 그런데, 내 몸이… 이렇게 움직이는 내 몸이 그 무서운 순간에도 여전히 함께하고 있었어요. 그게 큰 힘이 돼요."

이제 그녀의 몸은 그녀를 무한히 응원하는 존재가 되었다. 그렇게 그녀는 그녀의 몸과 함께 회복을 향해 걸어가고 있었다.

감사의 말

이 책이 나오기까지 글쓰기라고는 진료 차트와 논문이 전부였던 저에게 글쓰기 선생님이 되어 이끌어주신 생각속의집 성미옥 대표님께 감사드립니다. 대표님은 늘 책을 출산에 비유하셨습니다. 이 책이 부디 난산이 아니었기를, 그리고 그럭저럭 괜찮은 아이로 계속 자라기를 바랍니다.

정신건강의학과 전문의로서 난데없이 '몸'이라는 생소한 분야에 도전하는데도 변함없이 응원해주시는 저의 멘토 채정호 교수님께 감사드립니다. 또한 늘 곁에 있어주는 남편과 아들, 그리고 부모님께도 감사드립니다. 퇴근 이후와 주말에도 때로는 밤을 새어가며 일했던 나날에도 변함없이 저를 지원해주었습니다.

무엇보다 기꺼이 자신의 이야기와 몸의 경험을 공유해주신 저희 환자분들께 감사드립니다. 제가 환자들과 함께 시도했던 소마틱스 기법 기반의 정서조절 프로그램인 '소마움직임 프로그램'은 개발 이후, 그 효능 검증을 위한 연구를 지속하고 있습니다. 불확실성을 기꺼이 감내하고 이 연구에 동참하여 경험을 나눠주신 모든 환자분들께 무한한 존경심을 보냅니다. 이 책에 실린 환자분에 대한 이야기의 일부는 익명성 및 개인정보 보호를 위해 직업과 성별 및 그 외의 인적사항이 등이 조금씩 수정되었습니다.

마지막으로 '몸'의 스승이셨던 〈소마요가무브먼트〉 김선제 선생님께 감사드립니다. 늘 선생님의 '몸'뿐만 아니라 '마음'에도 감탄합니다. 매번 어떻게 그러한 마음으로 살아가실 수 있는지 놀랍습니다. 마음만으로 되지 않던 많은 나날들에 선생님의 도움으로 잠시나마 고요함에 이를 수 있었습니다.

초판 1쇄 인쇄 2022년 8월 02일
초판 1쇄 발행 2022년 8월 10일

지은이 | 허휴정

펴낸이 | 성미옥
펴낸곳 | 생각속의집

출판등록 2010년 5월 18일 제300-2010-66호
주소 | 서울시 종로구 혜화동 53-9, 1층
전화 | (02)318-6818 팩스 | (02)318-6613

전자우편 | houseinmind@gmail.com
블로그 | naver.com/houseinmind
페이스북 | facebook.com/healingcafe
인스타그램 | instagram.com/houseinmind
ISBN 979-11-86118-66-5 03810

값은 뒤표지에 있습니다.
잘못된 책은 구입하신 서점에서 교환해 드립니다.